KB261020

2012년
한실문예창작 동인지
제 7 집

아직도 사랑인가 봐

한실문예창작

아직도 사랑인가 봐

1판 1쇄 : 인쇄 2012년 5월 11일
1판 1쇄 : 발행 2012년 5월 15일

지은이 : 한실문예창작
펴낸이 : 서동영
펴낸곳 : 서영출판사

출판등록 : 2010년 11월 26일(제25100-2010-000011호)
주소 : 인천광역시 계양구 효성동 200-1 현대 404-103
전화 : 02-338-7270 팩스 : 02-338-7161
이메일 : sdy5608@hanmail.net

값 : 10,000원
ⓒ2012한실문예창작 seo young printed in incheon korea
ISBN 978-89-97180-10-3 (04810)

일원화 공급처_(주)북새통
주소 : 서울 마포구 서교동 465-4 광림빌딩 2층
전화 : 02-338-0117(대표), 팩스 : 02-338-7160
이메일 : info@booksetong.com

2012년
한실문예창작 동인지
제7집

아직도 사랑인가 봐

도서출판 시영

머리말

　한실문예창작은 1989년 1월에 직장인들과 주부들을 대상으로 생겨난 문예창작반이다.

　2012년까지 23년 동안 250여 명의 작가들을 배출한 매우 튼실한 창작의 산실이기도 하다.

　한실문예창작은 오프라인 문학회인 한꿈 문학회와 온라인 문학회인 바로 문학회로 나눠 활동하고 있다.

　한꿈 문학회는 향그런 문학회, 부드런 문학회, 둥그런 문학회, 싱그런 문학회, 포시런 문학회, 멋스런 문학회, 성스런 문학회, 탐스런 문학회를 품고 있다.

　각 문학회는 매주 한 번씩 모임을 갖고 작품 발표와 토론, 지도교수의 이론 강의와 작품 교정 등의 시간을 갖고, 더불어 친목과 낭만을 즐긴다.

　동인지는 지금까지 총 6권을 발간했고, 문우들의 시집도 14권이나 펴냈다. 이처럼 활발한 작품 활동으로, 한실문예창작의 문우들은 점점 실력이 향상되어 가고 있고, 우애와 신뢰도 더욱 깊어져 가고 있다.

　우리 문우들의 작품집들 중에서 독자들의 사랑을 듬뿍 받고, 나아가 평론가들의 호평을 받는 베스트셀러가 반드시 나오리라 믿는다.

　　좋은 작품을 꾸준히 싱그럽게 창작하다 보면, 행복과 영
예가 한꺼번에 몰려올 거라는 예감이 든다.　무엇보다도 노
후까지 창작 생활을 겸비하며 살아가는 멋쟁이들이 되기 위
해 우리는 부단히 노력할 것이다.

　　한실문예창작 지도 교수 박덕은
　　(문학박사, 시인, 문학평론가, 소설가, 동화작가)

차 례

제1지부 향그런 문학회

제1지부 향그런 문학회

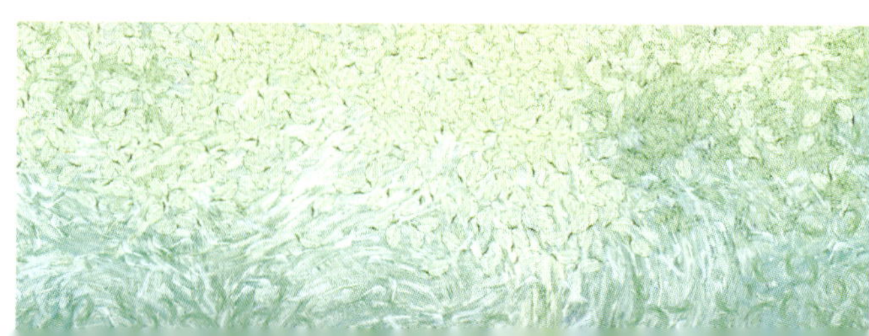

늘향기 오효선 · 동백꽃 김춘행 · 마타하리 박은영 · 만나자 김경진 · 무궁화 권순남

하늘바람 이지혜 · 빛나 강정애 · 수선화 김귀자 · 순정파 김순정 · 양단수 최영식

예말이요 정임자 · 웃는뇌 김미숙 · 청사초롱 고영숙 · 청화 권자현 · 최고봉 최효진

파리장 장진규 · 하늘빛 정혜숙 · 하늘소녀 차은자 · 하늘호수 김명자 · 하누리 송미엽

고운빛 이명희

그녀 김미희

농심천심 임병민

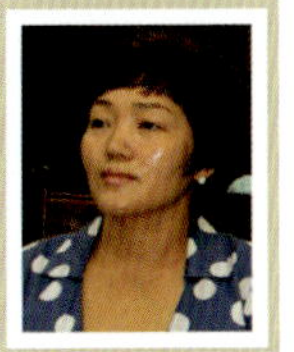

다이아몬드 김길자

돌란 임난희

땅콩 손수영

뜨게질 정우선

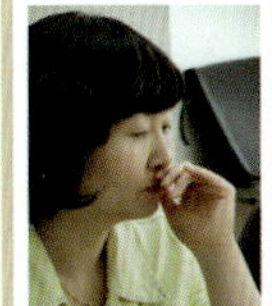

라일락 김선희

매우만족 박홍주

목탁 송인영

미소천사 김선자

바람소리 노정미

예와 박계수

운거 이호근

푸른호수 황예라

빈하수 최승벽

빛방울 정점례

빨강 황인수

아이비 김숙희

예쁜미소 허진아

오로라 강현옥

제인 박향미

처음처럼 윤유자

초곡 최기숙

칸나 이현숙

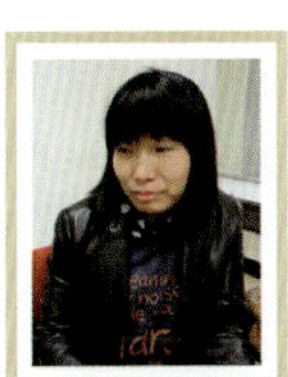

크리닝 김연숙

제3지부 둥그런 문학회

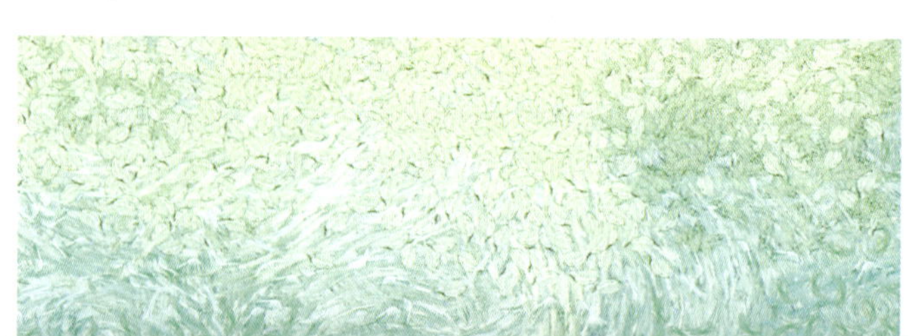

가을바람 김병희

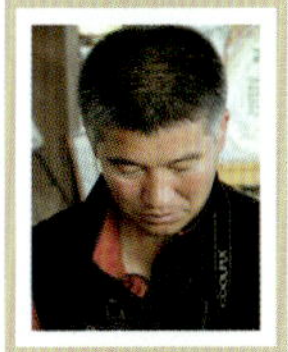

갯내음 신명철

곶감 박훈

굿모닝 김한신

꽃불 김점숙

노을이 정연숙

달님 배명옥

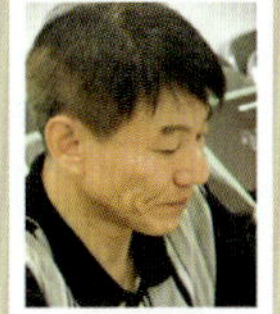

리오넬 김두환

릴리 최인자

샐비어 고경희

세런디퍼티 위향환

숲속의공주 김미경

스타 곽기란

아정 김영순

열린창 홍송이

웅고 조정일

은달빛 정예영

은미 김정순

진주 고명순

청포도 정순애

초록비 이연정

핑크낭자 문혜숙

하얌 이남옥

한강아 한강옥

해바라기 최영애

해운 박완규

헌책 장헌권

화원 한승희

제4지부 싱그런 문학회

꽃바구니 정봉애 · 꽃요정 김영희 · 나그네 권현영 · 눈꽃송이 강만순 · 동그라미 전지현

 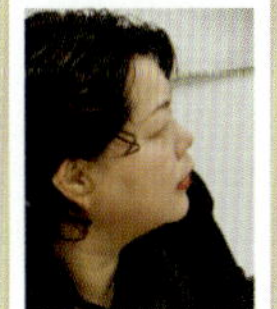   

매력 박점숙 · 메리 박정임 · 바다에뜨는별 임순이 · 서영 이서영 · 앨리스 정은숙

예쁜소녀 서애숙 · 예스민 소귀옥 · 오목이 홍윤희 · 은빛날개 정안지 · 제이슨 김민성

향원 김향숙 · 호야 이은영

제5지부 포시런 문학회

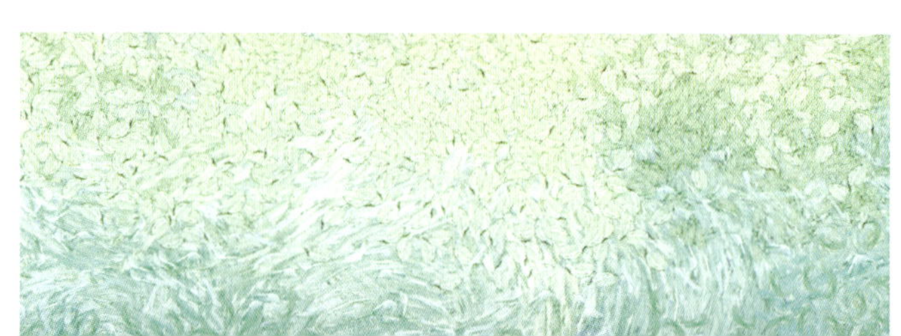

노란낭만 이후남

미남 고대성

별이로다 서동영

소리지기 이숙재

솔향기 백인옥

송산 김태환

송실 주경숙

신비 박애경

심향 문재규

와이 우호열

유리맘 전금희

전설의영웅 박봉은

청선 주경희

해송 신점식

50대소녀 장영주

제6지부 **멋스런 문학회**

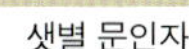
샛별 문인자

수채화 서정화

은계 류광열

찔레꽃 문영미

푸른꿈 김성희

이제부터 지미숙

농심천심 임병민　　마타하리 박은영　　빛나 강정애　　아이리스 김명숙　　에델바이스 구선경

연분홍장미 김은주　　은달빛 정예영　　초록비 이연정　　핑크낭자 문혜숙　　하늘바람 이지혜

하늘빛 정혜숙　　하늘소녀 차은자　　한강아 한강옥

제8지부 탐스런 문학회

제8지부 탐스런 문학회

꽃불 김점숙

농심천심 임병민

샐비어 고경희

세런디퍼티 위향환

아정 김영순

은달빛 정예영

이솝 김영희

핑크낭자 문혜숙

하늘빛 정혜숙

하얌 이남옥

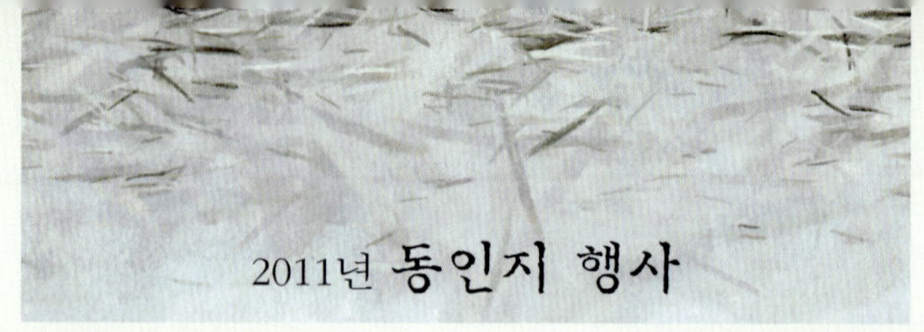

2011년 동인지 행사

한실 문예창작 한꿈 한마당

한실 문예창작 한꿈 한마당

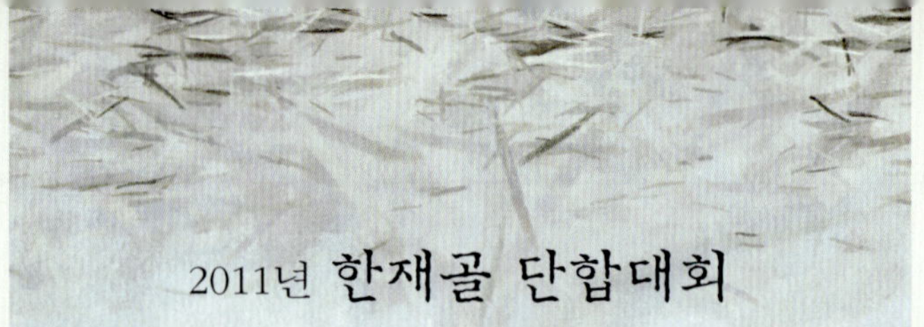
2011년 한재골 단합대회

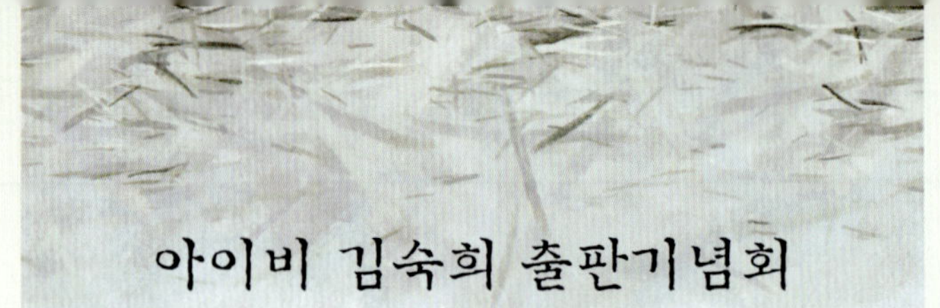

아이비 김숙희 출판기념회

2011년 신인문학상

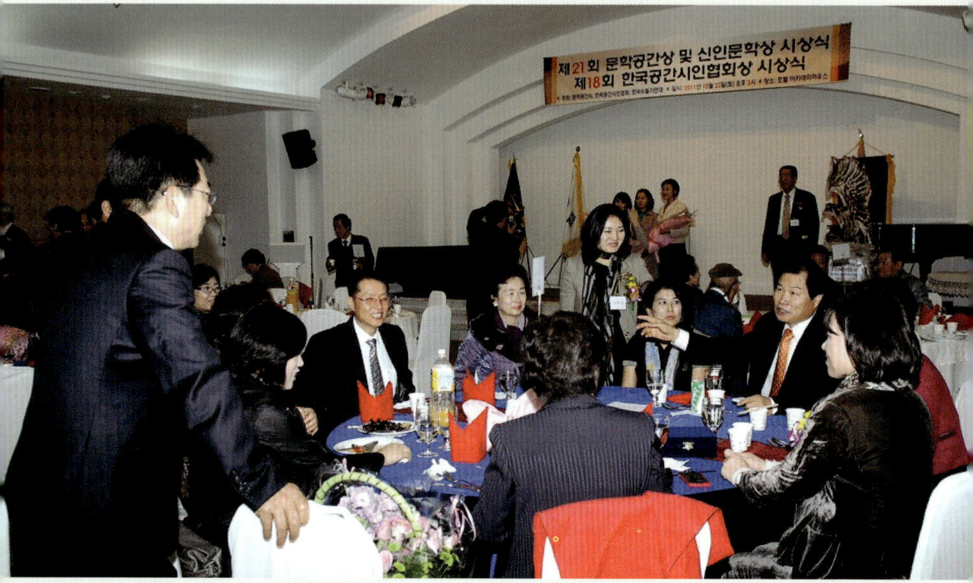

제21회 문학공간상 및 신인문학상 시상식
제18회 한국공간시인협회상 시상식

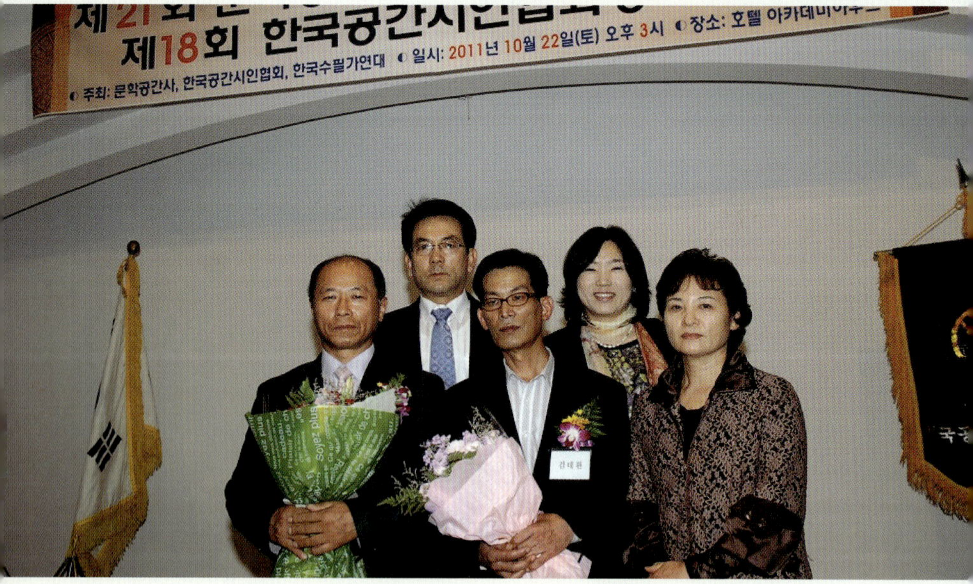

제18회 한국공간시인협회
일시: 2011년 10월 22일(토) 오후 3시 장소: 호텔 아카데미하우스
주최: 문학공간사, 한국공간시인협회, 한국수필가연대

2011년 시화전 죽녹원

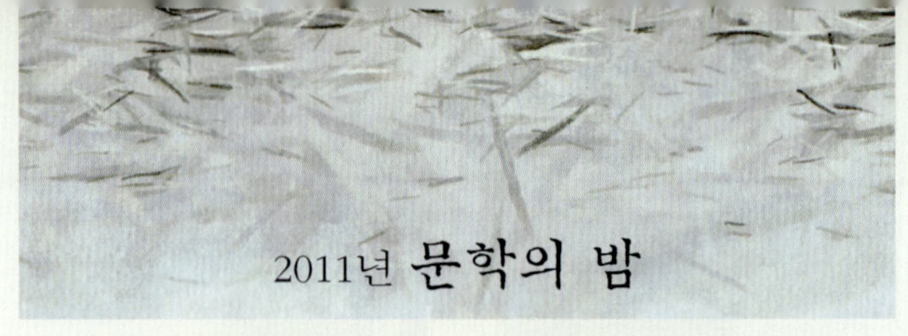

2011년 문학의 밤

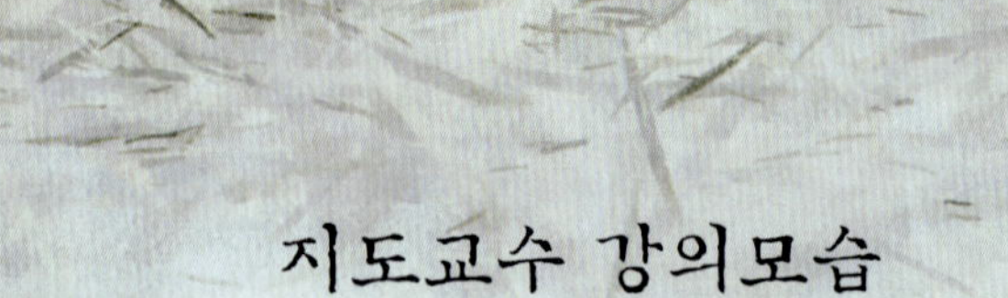

지도교수 강의모습

아직도
사랑인가
봐

그늘

엇갈림으로 생긴
또 다른 실체

중심과
가까우면 가까울수록
짧게
멀면 멀수록
길게

반추하고
낮아지게 하는
소리 없는 나침반이여.

빨래

녹슨 지퍼를 열자
와르르 쏟아져 나온
상념 부스러기들

꿈속에 푸욱 담궈
헐거워진 매듭 잘라내고
희뿌연 흔적 털어낸다

제멋대로 뒤엉킨
인연 비벼 빨며

티눈처럼 박힌 회한
뽑아내느라
모질게 방망이질 해대며.

낭만의 말

손 뻗어
나를 켜 주세요

어둠에 갇혀
도무지 길 찾을 수 없을 때
당신의 환한 길잡이가
되어 드릴게요

눈길 멈춰

나를 껴안아 주세요

일상에 눌려
찌뿌둥해진 현실을
짜릿짜릿
소용돌이치게 해 드릴게요
마음 열어
나를 받아 주세요

희뿌연 인연에 묶여
점차 시들어가는 운명을
환희로 반짝이게 해 드릴게요.

꽃샘추위에게

당신의 시린 입김에
넋 잃고
뿌리째 흔들리고 있어요

그만
가세요

더이상
머뭇거리지 말고
가세요

질긴 인연의 태 자르고
이젠 제발
그냥 지나쳐가세요.

삶 · 4

바람의 흐름
햇볕의 명암을
묵묵히
한자리에 서서
몸속 나이테로 그리며

인연의 굴곡
운명의 변화를
고요히
한자리에 서서
혼 속 상흔으로 그리며.

낭만

떴다
동해 번쩍
서해 번쩍

불러 주는 이
없어도
깜짝쇼의 달인

오늘은 어디로
바람 부는 대로
짠!

안녕

조석으로 차가운 기온이
아주 힘겹게 넘나드니

지겨웠던 여름날은
가을한테 소리 없이

살며시 아침을 넘겨주고
이젠 떠나려나 보다
메롱~

자화상

여섯 줄의 선율로
행복을 전하는
사랑의 하모니

때론 슬프게
때론 기쁘게

때론 강렬하게
때론 부드럽게

온갖 감성을
연주하는
마술 같은 통기타.

똑딱똑딱

벽시계는
쉬지 않고
똑딱똑딱

자고 있는 이 몸도
소리 없이
똑딱똑딱

힘없는 이 늙은이
차디찬 숨결도
똑딱똑딱

이제라도
세월 따라 흘러서
똑딱똑딱.

수선화

명주바람에
오동통한 꽃대

파란 잎 딛고
꿋꿋하게 서서

노오란 꿈송이
곱게 떠받들고 있네

오래 오래 뽐내게
이 봄이 길었으면 좋겠네.

할미꽃

세속 오염에
마음 적실까 봐

메마른 언덕에
흰 털로 온몸 감싼 채

고개 숙인
노인네

백발에 허리 굽었지만
열정만은 빨갛게 타오르네.

복숭아

솜털마저 보송보송
우윳빛인
아가씨 가슴에
불그레 찍은
볼연지.

불면증

들고양이마냥
촉수 세워

더듬더듬
빌딩숲 바라본다

신음하던 영혼마저
삼켜버린 적막 속

저 깊숙한 그리움의 발 아래
묵은 시간들 끌어안고

기지개 켜듯
흔들어대는 바람

한 땀 한 땀 엮어
달빛에 걸쳐 놓는다.

나의 그림

어머니가 사준 빨간 고무신
언니랑 같이 신었던
헐렁한 그 고무신

가슴에 안고
단발머리 소녀는
하늘 나는 나비가 되었습니다

고무줄놀이 하다가
구름처럼 두둥실 날아오른 고무신
은빛 물결 따라 흘러갑니다

작은 발자욱 찍으며
한없이 달려갑니다

야속한 강물에 막혀
주저앉은 소녀는
꿈이기를 빌고 또 빌어 봅니다

불빛 새어나오는
창가에 기대어 앉아
귀 기울입니다

어둠 짙게 드리운 발 아래
슬픈 고무신 한 짝
여전히 달빛에 젖어 반짝입니다.

정 · I

저 어디쯤
폐쇄된 간이역이 그립다

놓으면
다가오는 향처럼

버릴수록
짜릿한 전율처럼

내려놓은 마음이
몸서리치도록 시리다

발자욱 더듬으며
다가오는 추억만큼 시리다.

님이시여 · 1

접히지 않는 회한자락
아린 향기 물들여
저 하늘의 별들만큼 쌓여가건만

꿈속을 헤매는
두 손엔
차가운 바람뿐

달을 품은 그리움은
뿌리 같은 전율로
혈관 타고 흐르는데

까마귀 날던 설움
씨줄에 엮어 태워 보내며
시린 하늘 바라봅니다.

꽃샘추위 · 2

야속한 님이여
무슨 미련 그리 많기에
이 여린 가슴 칼바람으로 울리시나요
피지도 못하고
멍들어 시든
사랑

어찌
당신은
모르시나요

부디
가는 발길 서러워 말고
아지랑이 속삭임 같은
외로운 입맞춤이나 주고 가소서.

오늘도 여전히

흘러가는 보고픔이
앉아 있지 못하고
숨겨둔 그리움 깨운다

봄바람이
그랬던 것처럼
꽃잎만 끌어안고서

못다 쓴 추억
엇갈린
그 인연이 서러워

시심 속의
접동새 되어
밤새 뒤척이다

흐릿한 새벽안개
부여잡고
님에게로 달린다.

어느 시인의 고민

커피 한 잔 들고
담배 연기 앞에
고요를 불러 세운다

별빛과 눈 맞춘 채
시심을 깨워도
침묵의 빈 가슴만 오르내린다

대지는 자는 듯 깨어나
껍질 녹여 저리 움틀움틀
봄을 밀어 올리는데

시향 품지 못한 봄바람처럼
만지작거리던 연필은
백지 위에 돌아눕고

메마르고 비틀린 시선마저
갈피 잡지 못하고
구멍 난 신문 밑으로 가라앉는다.

49세

흩날리는 시간들이
쭈뼛쭈뼛
하얗게 솟아나고

아쉬움의 무게가
어깨를 짓누르며
노을처럼 걸터앉아 있다

더 높이 더 멀리 가고자
허우적거렸던 청춘이
여전히 꿈틀거리지만

이방인처럼 살아온 길
껍질을 깨고 나와
깊은 숨 몰아쉬며

가슴 울타리에 가둬 버린
인연의 불씨 지펴
추억을 다시 쓰고 있다.

중고 트럭

가끔은 가쁜 숨 몰아쉬며
갈 길 잡지 못한 채
깨어진 방향등 부여잡는다

묵은 때 지울 수 없어
출발하지 못하고
퍼덕이다 주저앉아

걸걸거리는 쉰 소리로
달리고 싶어
아우성친다.

화장터

빈손으로 돌아가는
지상의 마지막 날

어디에서 오고 가는가
무엇이 있고 없는가

흔들리는 발걸음에
밟히는 눈물들

그리움에 뒤섞인
아픔의 순간들

촛불처럼 흐르다
연기처럼 흩어지는 애절함

살아온 열정만큼
타오르는 불꽃 되어

모두
이별의 항아리에 안긴다.

부부싸움

울분을 삭히려
산길에 오른다

멍이 든 골에
건들거린 낱말들이 흐른다

호흡이 가파를수록
굳은 마음 내리고 또 내리며
부서지고 있다

여느 때 같으면
짧게 지나쳤을 능선 앞

알루미늄 호일 곱게 접어져
홑겹으로 간당간당 싸여진 비닐 속
온갖 상념이 피었다 진다

가운데 또렷이 그어 있던
금까지 녹아지는 순간
흔적 떨구고 간 망상이
초콜릿 국물처럼 범벅되어 흐른다.

남편

상처와 함께 산 세월
가려워지기 전 아물라치면
다시 터지고 다시 쑵힌다

온 세포를 끌어올려
가슴을 찌른 후에야
아, 남의 편임을
비로소 깨달았다

높지도 넓지도 않으면서
손수 하늘이라 친다

이리 해도 안 되고
저리 해도 안 되어
내게 맡겨진 하늘
바닥에서 올려다보았다

자꾸자꾸 안으로 굽는 팔,
밖으로 꺾을 마음 없이 시원하게
이번에 양 옆에 하트마저
함께 날려 보냈다.

굿

목메어 죽은 아버지가
얼굴이 하얗게 질리며
목이 아프다고
누가 나를 조른다고
가기 싫다며
판을 벌이고 있다

바다를 끼고 억센 바람 맞으며
구멍 숭숭 뚫린 방파제만큼이나
말똥말똥 휑하니 쳐다보는
눈들마저 앗아가며

갑갑한 인생을 반쯤 열어 놓고서
쏟아지는 비마저 뿌리치며
한 번의 끊김도 없이
주르르륵 늘어지는 양파망처럼
희미한 상황에서
줄을 마구 잡아당기며.

화상

얼마나 더 홀로서기를 해야
다치지 않고
우뚝 설 수 있을까

살기 위해
끼니를 떼우려 했던 시간들이
꾸역꾸역 불쏘시개 되어 달라붙는다

차라리 잘 된 일이라고 소리 내어 울어보지만
딱히 언제라고 딱갱이 둘러쓴 시작도 모른 채
짓물러져 말을 한다

길은 모르지만
검게 타들어간 좁다란 흔적 사이로
혼자서 늘 쓰라리며

거기 파묻혀 파헤치는 시늉도 못하고
너를 만나 내가 뽑어낼 수 있는
굴뚝을 세웠다고 옹알이며.

화상

중증 병실에서

한실문예창작

여기저기서
뜬금없이 비린내가 풍겨 나온다

하얀 브라인드 그림자 속으로
공기 빠진 공 모양의 환자가
두 다리를 들어올린다

남편의 산소 호흡기를 한 번 치켜세워 주며
머물지 않는 순간 앞에
보호자 침대를 바짝 끌어당긴다

지금도 술독에 빠진 양 어딘 줄 모르고
꿈꾸고 있는 당신과 이내 못난 사람이
같이 꿈꾸고 있는 것 같은 이 시간

당기지 않아도 버젓이 다가올
물 한 방울에도 사리가 든
나약함이 서서히 밥숟가락을 든다.

감기

소살거리는
열꽃은

콜록
콜록
속앓이
세월은

욱신
욱신.

은행잎

못다 삭힌
그리움마저

눈부시도록
노랗게

물들어 버린
가을엽서.

한실문예창작

첫사랑

켜켜이
그리움 쌓아 놓고

붉디붉은
추억으로

울컥울컥
머물다 가는 자리.

등대

쓴소리 단소리로 햇귀치럼 줄 세우면
넘실대는 물결 따라 한소끔 곡예하고
해종일 푸른 등불빛 무구한 함성 되네

파도소리 고동소리 곱씹고 곱씹으면
서러운 기염 토해 한마당 술렁이고
노을빛 수평선 너머 시렁시렁 물들이네

매일 나고 매일 죽는 귀 없는 사연들
뒤엉켜 뒤집히고 들꼬여 짓밟혀도
꿈꾸는 뱃머리 위로 잠방잠방 날아드네.

겨울 산행

발자국 따라
걷는다

하얀 고백
나풀거리며

파고드는 시름
서걱이며

한줌 미련까지
날려 버리며.

비 온 뒤 산행

파고드는 그리움만이
숨을 쉰다

그늘진 계곡
뿌려 놓은 고뇌만큼
상처가 씻기어 간다

눈물처럼 떨어져 가고
눈물처럼 지워야 한다

오지 않았다고
더 많이 외로웠다고
하지 마라

게으름이 한 껍데기 덧입혀져
그냥
마냥
세월만 보냈다고 해두럼.

사랑

희뿌연 창밖
넘실대는 청풍호의
온몸을 감싸고도는
허기진 기다림의 울먹임

1%의 간절함이
나를 세우고
너를 본다

뚝
뚝
떨어지는 묵직한 설렘처럼

주섬주섬
눈을 풀어
서로의 가슴을 읽는다

덧없이
사고치는 맘
콧소리로 대신하며

숱한 잔상들이
시간의 종자를 붙들고
다시 싹을 틔우고 있다.

떨어져 있던 지난 세월을 지우며

거북이 등껍질 같은
당신의 발등에서
곳곳에 각질처럼
덕지덕지 붙어 있는
작은 외침들을 본다

바쁘게 뛰며 살아온
소음 뒤 문밖에서
서성거리고만 있던
진실 한 조각일지라도

이제는
동면의 벽을 깨고
아린 통로를 찾아
그리움의 흔적 위에
따뜻한 추억 새기고 싶다.

군대 간 쌍둥이 아들에게

애인처럼 다가설 수 있는
기회이고 싶다

뿌듯함 매달아
우체국 3호 박스에 넣어
아름다운 메시지
전달하고 싶다

훈련을 일삼는
스물한 살의 햇살 아래
추억으로 남고픈
하루이고 싶다

그리움을 낳는
애타는 시간이 되어
힘찬 파이팅을
가슴속에서 가슴속으로
외치고 싶다.

텅 빈 방안

드르륵 끼익
섯다문의 바퀴가 일탈한 지 오래

거미 한 마리만
고정시킨 눈언저리에서 파르르 떨고 있다

가늘게 그어 버린 거미줄에
걸려 있는 묵은내

아직도 머물러만 있느냐고
소리쳐댄다

그때서야 추억을 더듬어 보지만
아무 것도 없다

정말
아무 것도 없다.

고무신

황톳빛 길 위에선
나비 걸음 따라 뽀독뽀독 새겨지는
곰보무늬 만들고

털퍼덕 주저앉은 모래무지에선
부릉부릉
오르내리는 자동차 되고

물살 찰랑거리는
개천가에선
투망대신 물고기 몰고

흐르는 물에 훌렁훌렁 흔들어
마루 끝에 나란히 엎어 놓으면
금세 뽀송뽀송 만능 놀잇감

호드기 나뭇가지 끝에 매달려
누런 숨결 밀어내던
아슬아슬한 몸짓처럼

벗갠 하늘 아래
비꽃처럼 쏟아지는 추억 속으로
사뿐사뿐.

민들레 홀씨

열구름 떠가는 하늘 아래
아롱다롱
귀 기울이던 날

가냘픈 날갯짓으로
소솔바람 따라
훨훨

향기가 달라도 시기하지 않는
어울림 속으로
훨훨

등줄기로 쏟아지는 빛살 안으며
한 잎 한 잎 펼치는 전율로
훨훨.

실개천

시린 사랑 이겨낸 봄볕 위로
연둣빛 향기 나풀나풀 날아든다

실바람에도 자지러지는 순수처럼
풋풋함으로 소곤소곤

계절을 연주하는 바람 따라
세월 품으며 졸졸졸
침묵으로 다독인 사연 속으로
하얀 미소 얹어 띄워 보낸다.

눈 내리는 하교길

추억의 글씨체와 크기를
따로 새겨 두었지요

두 줄의 하얀 선을 따라
어느새 저만치 달려가 버린
한 폭의 수묵화처럼 뽀송뽀송하게

빨갛게 데워진 두 볼을
서로의 눈빛으로 녹여 가며

멀지도 가깝지도 않은
나란한 평행선 위에서
하하하 넘어지며

아무도 밟지 않은 새하얀 숫눈 위에
두 팔 벌려 벌러덩 누워도 보고
웃는 얼굴 찍어도 보며

가풀막길 지나
파란 슬레트 지붕이 내려다보이는
언덕마루로 쪼르륵 올라서며

부지깽이 끄트머리 야울거리는 불꽃 되어
방고래 넘나드는 붉은 열기 싣고
단숨에 달려가며

곱은 두 손 꼬옥 잡고
아랫목 이불 속에 덮어둔 쌀밥 한 사발 꺼내 주는
거스름진 엄마 손을 유난히도 그리며.

영산강

붉은 아우성이
뜨겁게 너울거려도
묵묵히 허방의 물꼬를 트고 있다

멀어져 가는 숨소리만이
나지막이 웅얼거린다

물새알 둥지 튼 여울마저
푸새 다듬듯
점점 사그랑이가 되어 간다

언 땅 위 부풀려만 가는 그 꽃자리에
입샘추위라도 시작하려나 보다
마름벽을 휘감는 담쟁이넝쿨처럼.

잠시 지쳐 누운 그 사연처럼

그 사이
지독하게 지친 그 사이

아직은 허한 초봄
노을 머플러 둘러싸고
어둠 속에서 몰아쉬고 있었다

창백한 하늘 깊은 숨
저 드문드문한 대나무 그림자에 가려져
생각을 가르는 경적 소리에
솟구치는 새순처럼 떨고 있었다

열정도 냉정도 다
그 위에 물결치는
행복도 아름다움도 다
그냥 묻어 지나가고 있었다

저 가녀린 나뭇가지에 흔들리는 시선만
그저 감사히 안고 느끼며
어느새
나로 피어나고 있었다

맘은
늘 거기 후미진 곳에 머물러도
회한 한 자락
홀연히 휘파람 되어 돌아오고 있었다.

요양원 내 친구들

빼꼼히 고개만 내미는
아픈 기억들
스산한 바람에 실려 떠다닌다

파묻혀 있지만
잠들지 못해 뜨거운 심장

어디 버려졌나 찾아내어도
생각을 놓아 버려
하루만 있는 삶

긴 터널을 벗어나
다시 접어드는 입구에서
같이 하지 못하는
긴 어두움

마음의 허기 채워 두고
공기방울만큼이나 가벼운 삶
지탱하려 고개 들면

그림자와 함께 찾아온 새벽빛과
헝클어진 정신 끝에 맺혀 흐르는 회한은
히죽대는 웃음과 함께 일찍 길을 떠난다.

매화

부끄럽게 연분홍빛이
가슴에 파고든다

조금은 늙은 듯
여기저기 휘어짐 늘어뜨린 채

투박한 껍데기 언저리에
땟자국 흘러내려도

세월 머금은 가지 구비 구비에
꽃자리 깔아 놓으니

마음 가져가 자리 펴고 누워
차마 간직하고 사는 슬픈 사연

꽃잎 사이사이에
끼워 넣는다

열정으로 다가서지만
차마 이르지 못할 오묘한 빛

어느새 녹아내린 심장은
박동을 멈추고

송이송이 속 내민 인연들은
그만 꽃봉오리 속에 파묻힌다.

들국화

정신 풀어헤치고 헤매듯 펼쳐진
연보랏빛 바다에
차가워진 달빛마저 설렌다

노래인 듯 웃는 듯 재잘거리며

휘 나는 뭇새들도
제자리 찾는데

여린 가슴 부여잡고
서늘한 고뇌에
진저리치는 그대

끝만 부드런 억새
곧은결에 기대어
혼자만 삭히는 그리움 삼키면

툭 지지 못하고
하나 둘 이 빠지듯
곧게 선다

계절의 빗장은
옅은 향기 속으로 교차되어
저리도 얼룩져 녹아내리는데.

염주

돌리고
또 돌리고 돌리면

삶 속 깊이 돌아가려나
삶 속 깊이 돌아오려나
한 알 한 알에 마음 심어
설운 속에 걸쳐두고

고독마저 시린
연민에 젖어

차갑게 햇살 벌려
황금빛 깨어남 찾아

소리 없는 소리에
개어지는 고요

그 속을
읽어 내려가니

어느새 눈자위
봄눈 향하고

구름 사이 길게
헤매다 선 눈동자

돌아 돌아 돌아온
처음 그 언저리엔

하얀 그리움만
빗금 져 내리고 있다.

그리움

풀잎 위에 나뒹굴어
이름 짓지 못한
외침처럼

봄꽃에 사라져
소낙비에
방향을 잃는다.

이별

출렁이는 가슴을
꺼내어
건조대에 걸치는데

배설물의 독기와
부스러기가
시야를 흔든다.

바람에 나는 겨

농부의 꿈들이
밭이랑에 눕듯이

가벼운 몸짓
가을 햇살에 떨어져 앉는다

작은 설렘에도
사르르 들썩이며

습한 고요를
풀무불에 돌리며.

어머니 · 2

한 뼘 안으로 기어든
작은 어깨

쑥국새 독백인 듯
흐느낀다

반쪽이 잘려 나간 운명
허리춤에 메고서

핏물 맺힌 손끝으로
매듭지어야 할
사랑을 위해

가늠할 수 없는
뿌연 하룻길을
달리고 또 달려온
혈맥처럼.

자전거 타는 할머니 · 6

이슬방울
머금은 매미울음이
체인 돌린다

폭우가 잡풀들의
등 굽은 그림자를
세차게 흔든다

어둠이
뒷산에 기대어
가물가물 춤을 추지만

심장은
더욱 강렬하게
담금질한다

성낸 흙의 살결을
빚어 올리는
세월의 촉수처럼.

고독

영혼의 바다에
등대처럼 서서
불을 밝히는
그리움의 섬

날카롭게 쪼아대는
회한들이
시뻘건 혈흔 남기는
부르튼 가슴

딱딱한
추억의 등줄기에
덕지덕지 붙어 있는
아픈 발자욱.

억새밭

세월 한 자락도
붙잡을 수 없는

텅 빈 몸짓

바람 물결 오선에
선율 그어대며
저마다의 높은음자리를 찾는다.

초승달

한쪽 가슴
어둠에 묻고
허허로워

며칠째
부질없는 다짐만
슬프게 노래하고 있다.

바닷가에서

타는 듯한 그리움은
하얀 목마름 되어

백사장을 거닐고

바람 매단 파도는
토해낸 절망을
다시 삼키기를 수천 번

물러설 줄 모르는 열망은
수평선 끝자락에
걸터앉아 있고

그물 사이로 빠져나간
굳은 약속은 오늘도
거친 숨 몰아쉬며 항해한다.

당신

이렇듯
빛의 속도로
당신이 내게 올 줄 몰랐습니다

이렇듯
커다란 힘으로

내 심장을 두드릴 줄 몰랐습니다

이렇듯
해맑은 눈길로
내게 수많은 시심들을 쏟아부을 줄 몰랐습니다

난 당신에게서
새벽별을 보았습니다

난 당신의 눈망울 속에서
기다리는 그루터기를 보았습니다

난 당신의 미소 속에서
나를 보았습니다

당신이 부르기에
영혼의 다리 놓아
당신에게로 달려갑니다

어느 땐 이슬 머금은 풀숲 사잇길로
어느 땐 파도 일렁이는 해변으로
어느 땐 석양이 물든 강가로
어느 땐 비에 젖어 있는 벤치로
달려갑니다.

백서향

꿈속에서도
얼마나 오매불망 그리워하였기에
그리도 새하얗게 피어났나요

지난 가을부터
얼마나 지극 정성으로 빚어냈기에
그리도 달콤한 사랑 퍼올렸나요

겨우내
얼마나 그렁그렁 글썽거렸기에
그리도 앳되고 청아하게 향기 흩뿌리나요

아른아른 아지랑이처럼
얼마나 아롱져 흘렀기에
그리도 앙증맞은 꽃으로 똘망거리나요.

사랑으로만

사랑으로만
굳어 버린 마음 녹여낼 거라
믿어요

사랑으로만
마음의 창 열릴 거라
믿어요

사랑으로만
어지럽혀진 시간의 여울 풀릴 거라
믿어요.

조금 나누고자 했을 뿐인데

벌써부터
가슴이 훈훈해지고

자꾸만 자꾸만
감사가 부풀어 가고

가늠할 수 없는 크기로
희망이 번져 가고

들녘의 불길같이
꿈이 활활 퍼져 가네.

이제는

만나기 전에는
만날 수 있다는 기대감만으로도
그리도 행복에 겨울 수 있었는데

서로 만나 반가운 포옹을 하고
쌓였던 얘기 나눌 때는
더욱더 행복에 겨울 수 있었는데

찰랑대는 장단에 맞춰
웃음꽃 피울 때는
꿈결인 듯 거나한 행복에 겨울 수 있었는데.

울타리는 서 있다

애틋한 마음으로 한식구 되어
서로서로 다독거려 주기만을 바라며

마주잡은 손길로 빙 둘러앉아
뜨겁게 달구는 불씨가 되기만을 바라며

해맑은 기도로 우르르 피어나
가슴 가득 웃음꽃 만발하기만을 바라며.

소록대교

보기만 하고
갈 수 없던 땅

전설 속에서 솟아나
다리가 되어 버린 사슴 따라

그리움 묻은 바람 데불고
서러움의 등을 걸어간다.

기다림

고샅길에서 서성이던
늙은 밤새

바람의 가지 끝에서
떨고 있다가

불 밝힌 창문가
곰방대 치는 소리에 주저앉는다.

단상

허기가
바닥으로 잠기면

창 너머 늘어진 상념은
꿈틀거리다

돌멩이 맞은 파장처럼
나래를 길게 편다.

입춘

몸을 둥글게 말아
가슴을 달고
강물과 어깨를 맞댄다

모진 세월
오로지 소리로 키운
여정처럼

시간에 주름이 깊어
한 올 한 올
한숨을 토해낸다

오래도록 추스러지고
발길 잡아끌었던 설렘
겨우 바람 속에 세워지고 있다.

눈 내리는 오후

하늘에 깔리는
나지막한 너울
여릿여릿 멀리서 온다

쌓인 곳에 다시 쌓인
스산한 시간만이
낯을 붉히고

길머리에
소곤거리며
날아드는 추억처럼

정겨움 나누며
같이 걷는
하얀 길손이 되고파.

병문안

온몸이 오그라들다
다리에 힘이 풀린다
따사로움 속에
속 깊은 애기를
맛깔스레 담아내던
아이는 앓고 있다

가슴을 휘감고 있던
그림자가
호흡보다 더 긴 노래를
이끌고서
성큼성큼 걸어가고 있다.

추억

애써
겨울 햇살 등지며
우울한 날들을 지워 가면
스쳐가는
덧없는 빈 세상에서
깊은 눈물로

남는 그대
이제는
걷는 발걸음마다
허무를 질질 흘린다.

누구의 노래인가

곱게 단장하다
밤새워 뒤척이는 저 그리움은
누구의 노래인가

새벽 소리에 깨어나
숨죽이는 저 애달픔은
누구의 노래인가

창공 속을 거닐다
촛불처럼 사위어 가는 저 푸르름은
누구의 노래인가.

이별 뒤

고통을
비틀어 꼬면
빛이 되는 사연

푸른 하늘에 깊이

파묻고 있던 추억은
이미 알고 있었다

자드락길 돌고 돌아
싸릿대 울타리 넘어 들어오면
푸르스름한 청산이 따라 들어올 거라는 것도
이미 알고 있었다

바람벽에 그윽하고 기묘한 그림자 만들어
텅 빈 곳에 어리는 배냇향 내음만이
너울너울 춤추며 흐느낄 거라는 것도
이미 알고 있었다.

새벽 여행

첫 기차 타고
떠난다

온갖 상념 털어 버리고
억지 미소 지으며

다시는 이리 살지 않겠노라
가슴팍에 짙게 새기며

천상처럼 펼쳐지는
물안개 따라

다시 시작하는
청춘처럼.

이제야

자꾸만
품 안으로 들어오는 너

어떤 그리움이 애닳아
울고만 있는지

아무 것도 해줄 게 없어
미미한 손길만 너에게 준다

채워줄 수 없음이 이리 아픔인지
예전엔 미처 몰랐구나

따스한 고운 자태
어느 누군가에게는 전부였을지도 모르는데

너를 사랑한다는 것이 소유가 아닌 이해임을
바보 같은 난 이제야 알아가는구나

내 안에서 마음껏 웃음 짓게도 하고
내 안에서 소리 내어 울음도 열 수 있게

휘영청 밝은 달 아래 시나브로 미소하며
너의 작은 안식처이길 욕심내어 본다.

재활치료실에서는

돌리고 있는 페달에는
힘겨움이 매달려 대롱거리고

어그적 어그적 걸음에는
애환이 하늘거리며 따라오고

가끔씩 토해내는 외침은
그리운 추억을 부르며 몸부림치고.

화해

붉은 하늘이 이글거리면
삼겹살이라도 올려놓고
쐬주잔이라도 기울여 볼까나

겹겹이 두른 능선
한 겹 한 겹 벗어 던지고

점점이 박혀 있는
가로등 벗 삼아
주거니 받거니

뒤틀린 오장육부에서
토해내는 신음 같은
갈까마귀 소리

목구멍 간질이는
잔기침에
뚝뚝 끊어지는 푸념

지글거리는 불씨
꺼질 때까지
주거니 받거니.

비가 내리는 날에는

깡쇠주 한 잔에
청춘을 툭툭 탁탁
난도질을 해 본다

까맣게 그을려
찌그러진 모양새의
책임감도 가책도
내버려둔 채

점점 꼬여져만 가는
혀 놀림으로
충혈 될 수밖에 없는
서글픈 눈으로

아주 오래전부터
꾹꾹 눌러 두었던
울분까지 왝왝거리며
타다닥 타다닥
칼질을 한다

녹이 슬 대로 슨

이 빠진 무쇠 칼로
시퍼렇게 사색이 되어 스러지는
찢어진 목소리
나무젓가락으로 집어들며.

포장마차 · 2

털래털래
저녁노을 힘겹게 끌고 들어와

통성명 인사도 없이
지글지글 그을음 피어오르는 투덜거림을 안주 삼아
하얗게 지친 하루를 나눠 마신다

목덜미가 빨개질 때까지
한 잔 또 한 잔

닳을 대로 닳은 구두 밑창에서부터
스멀스멀 구부러진 노랫가락이 기어오를 때까지
한 잔 또 한 잔.

주정뱅이 황 씨

좁다란 골목길 지나 어둑어둑한 술집
걸쭉한 막걸리 한 사발에

삭을 대로 삭은 김치 한 가닥
남쪽 어느 시골향 품은 젓가락 하나

칼바람 빈속에 짜릿한 넘김으로
휘어진 목소리로 큰소리 뻥뻥

남루한 옷차림 속 진정한 자유 찾아
부어라 저어라 마셔라

주정이라는 사리 한 톨 나올 때까지
오면 오는 대로 가면 가는 대로 흔들흔들

꼴통 같은 철학 나부랭이 곱씹으며
해탈을 위해 오늘도 스스로를 버리고서

더이상 돌아다닐 곳 없는 호기는
꼬깃꼬깃 접어 등 뒤에 던져두고서.

초승달

초롱초롱
귀 열고 바라본 달
쪼매하게 빛나는
쪼가리달

그 밤
그 달

손톱 끝 닮은
쪽배달
거하게 취해
눈동냥하다 만난 달

그 밤
그 달.

모내기

개구리들
응원 소리에
준비~ 땅~

누구 하나
반칙도 없이
나란히 나란히

일등도 꼴찌도 없는
푸르른
달리기 대회.

사랑하리

고운 봄날
내리쬐는 햇살의
강렬함만큼만
사랑하리

비 내리는 날
흐르는 빗방울
갯수만큼만
사랑하리

바람 부는 날
간지럼 태우듯
감미롭고도 부드럽게
사랑하리

더이상
보태지도 빼지도 말고
딱 그만큼만
사랑하리.

개구리

여럿이 모여
멀리뛰기

줄 맞춰
나란히 나란히

누가 누가
멀리 뛰나

굴러가는
돌멩이에

깜짝 놀라
반칙했네.

볍씨

왼쪽에서
톡

오른쪽에서도
톡

엄마 품속 같은
육모 상자에서

꿀잠 깬
씨눈들

옹알옹알
옹알이를
시작한다.

청보리밭

물안개로
윤기나게 머리 감고

햇살바람으로
부드럽게 말린 뒤

초록 원피스
맵시 있게 차려 입고

새 떼의
재잘거림에 맞춰

왈츠 춤추는
봄 아가씨.

좋겠다

사랑 고백 시시때때로 남발해도
외면하지 않았으면
좋겠다

귀갓길에는 먼저 전화해서
오늘 하루 어땠는지 물어 봐 줬으면
좋겠다

눈발이 휘날리는 휑한 거리에
나 혼자 걷도록 하지 않았으면
좋겠다

화사하게 반짝이는 꽃길 위에
나 홀로 서 있게 하지 않았으면
좋겠다

가슴 답답한 날에는
홀연히 나타나 환한 미소로 손잡아 줬으면
좋겠다.

좋겠다

순정 만화

버스비 없이
하루를 밟는 다리 위로
흘리는 눈물도 맑아 보이고

뒤돌아볼 때마다
시니컬하게 빛나는
사랑도 거기 서 있다.

이 일을 어쩌면 좋아

바람결 따라
날아갈 것처럼
내려앉은 사랑

자그만 뿌리 내밀더니
어느새 푸릇푸릇
커 가고 있네.

독백

파란 설레임 접고 또 접어
하늘가로 올려 보내지만
길게 흰 그림자 남기며 사라져 버리는 것을

빗방울의 경쾌함마저도
심장으로 떨어지며
쉼 없이 두드려대는 것을

먼 훗날
늦가을 해거름의 들판에 서서
소소한 바람 소리로
흥얼거릴 수 있을까.

사랑 이야기

곱게 접혀진
설레임
언제든
펼쳐 보아도

통통 물 튀기며
싱그럽게 흐르네.

이별

질끈 동여맨 인연의 늪이
이젠 떠나라 하네요

벼랑 끝 깊은 수렁에서 건져질
당신의 소리이고 싶지만
가슴에 묻힌 웅얼거림마저
아득히 쫓겨가네요

어느 것 하나 내 것은 없군요
한세상 살며 잠시 내게 맡겨진 것도 없군요

파도에 씻어도 여전한
서로 부대껴도 마알간
밀물 되어 돌아와도 이미 그 물이 아닌

밀려왔다 밀려가는
세월의 되풀이

오늘 찍은 발자국 흔적 없어도
내일이면 누군가 또 찍을 테죠

서녘 하늘 노을로 익히고
홀로 걷는 이 애처로움에게
차라리 사랑을 묻네요.

독백

흰 올 한 올 세월 돌아 절은 수고
눈물로 말리우고 허리춤에 챙길 때
내민 발에 어룽진 부끄러움
아셨을까

밤새워 찧어낸 애끓음
이슬로 적셔 묵힌 주머니에
담아 주며 떨리던 손끝
아셨을까

애잔한 눈길 더듬어 배웅하던 작별
핏물로 솟아 뭉글뭉글 내를 이룰 때
푸른 하늘로 날아 새가 된 기도
아셨을까

붉은 강으로 흘러
가슴으로 스미는 소리
뼛속 깊이 박혀 그대로 피가 된 허연 순결
아셨을까.

海霧

춤사위 고운 어깨
장단 부끄러워

눈길 감춘
하늘가

풀어 버린 제 서러운 상처로
되짚어 가는 길섶

낮은 신음으로 돌아와
삭힌 눈물

덧입은 아쉬움처럼
부슬부슬 내리면

가시넝쿨에 엉기어 돌아
고목 꼭대기 엱힌 꽃무리

보타진 숨 가다듬어
갈래갈래 어긋진 뜬구름 되어

날 세운 고독 끝에
절어 운다.

새벽

희끗희끗 눈발 날리는 갈퀴 머리칼에도
숭숭 뚫린 가슴팍에도
바람이 분다

조갯살 비듬처럼
올망졸망한 창에 계단 하나 내어
신다 버린 낡은 시간의 부스러기
숨가쁘게 토해낸다

눈물이
불빛에 묻어 진득거릴 때마다

기울이던 술잔에 별이 고이고
한껏 굽은 등으로 세월이 흘러내린다

뒤뚱대던 하루를 엮어
땟국 절은 벽에 걸어두고
고향 앞 실개천 피라미 울음을 꺼내
높낮이를 맞춰 재어 보는 시간이 되어서야

숨죽여 울려오는 깻묵 같은 추억이
숭굴숭굴 해진 옷섶으로 모여들어
옭아맨 매듭을 만지작거리며
외출을 준비한다

한 가마니 추를 달고
짓눌린 무게에 신음하고 있던
녹슨 벽걸이가 투두둑 방향을 틀자

뒤틀린 상흔들이 탱탱 불은 국수가락처럼 일그러지고
뒤틀린 내장이 꺽꺽거리고
누릿한 내음이 저 먼저 달려가 헛웃음 한 올 건져 올리고

허리춤에 매어단 인연은
지친 너울로 얼룩진 옷자락 뒤에서
쓴웃음을 힘겹게 참아내고 있다.

고드름

가슴에 눕는 눈물
이불 귀퉁이에 젖어
빛발로 눈부신 오후

시간들이 툭툭 끊기며
상흔 자국으로 뭉개어지고
낯설게 신음하는 공간

옹글옹글
서성이는 바람에
시름없이 주저앉아

거꾸로 탈춤 추는 꺽진 목
켜켜이 접어 둔
마음자락에 스며

눈시울 붉히며 쓴
반백의 머리칼 사이로
피안의 먼 바라기 되다.

어머니의 새벽

아랫목에 풀어놓은
푸석한 추억 마디들
제자리 찾느라
우두둑 우두둑

헛발 디딘 그믐달
굽 닳은 사발에 건져
부뚜막에 올리느라
달그락 달그락

된장처럼 묵은 세월
가마솥에 밀어 넣고
아궁이에 불 지피느라
토드락 토드락.

아궁이

열정으로 뒤엉킨
환희

온몸에 휘감고
신들리듯 춤추다

목젖에 달라붙어
자꾸만 파고드는 미련
매콤한 향기에 실어
처마 끝으로 떠나보내고

속없는 부지깽이
애간장 휘저을 때마다
바스러진 추억 조각
오부로시 품어 안는다.

간이역

공허한 기적 소리만
산모롱이 타고 굴러
때 묻은 추억에 부딪힌다

양철 지붕 뛰어다니던
구릿빛 햇살
그림자 길게 눕힐 때쯤

한나절 기대 졸던
올망졸망 낭만의 보따리들
부스스 일어나

홀로 남은 역무원의
발자국 소리 떠밀며
녹슨 개찰구 속으로 사라진다.

임 오신 날엔

풋고추 상추 깻잎
앙증맞은 소쿠리에
가지런히 담아두고

손수 담근 쌈장 옆에
낭만 한 접시
살짝 올려놓아요

감나무 가지에
초승달 걸어 놓고
열정 붙은 모닥불에
별을 구워 놓아요

곁들일 반주로는
와인도 좋고
소주면 어때요.

안개비만 내리면

꼬깃꼬깃 구겨
한구석에 밀쳐놓은
비릿한 추억
실눈 뜨고 쳐다본다

바스러진 고사목
짙은 여백 휘감아
촉촉한 낭만으로
혼곤히 적셔 준다

딱지 앉은 상흔에
찐득한 그리움
성가시게 달라붙어
자꾸만 칭얼거린다.

추석 가족 나들이

초가을
초록 바람이 골짝 따라
싱그러움으로 소살소살

초가지붕 정자 돗자리에
속 깊은
마음들이 모여 도란도란

뒹굴며 밀린 그리움 퍼내
부들초와
겸연쩍은 춤추며 살랑살랑

고목의 우아한 갈색머리 잡아 제쳐
눈길 끌어 유혹하면
한마음으로 즐거워 어화둥둥

지는 햇덧 풀벌레 소리에
사랑의 향기
발걸음 재촉하며 찰랑찰랑.

리모델링

끈끈한 세월들이
울며불며 붙들려 나오고 있다

어머니의 정성스런 홍색 요 초록 이불도
사랑을 약속했던 긴 봉침도
옥색 보자기 사이로 빼꼼이 내다보는
이슬빛 그리움도

장롱 속 마님으로 화려했던 고고함도
요리의 보조로 맛을 내주던 청순함도

터줏대감 신발장 씽크대도
오래도록 건강을 책임져 온 냉장고도

힘쎈 망치에 두들겨 맞는 통곡 소리 따라
모두 따라나서고 있다.

추억

수수 고구마 풋과일 치마폭에 싸들고
잰걸음으로 내려오는
하늘 품은 언덕배기가
자르르 눈부시고

천수답 짝짝 벌어지면
두레끈으로 가슴 쥐어 잡고 부르는
애절한 노랫소리 넘실넘실
메뚜기는 팔딱팔딱
청개구리는 폴딱폴딱

개천 또랑에 미꾸라지는
수줍음으로 고개 내밀고

무서운지 모르고 쪼아대는 참새 떼
우여 우여 목청 터져라 간짓대로 휘젓고

줄줄이 매단 깡통은
제멋에 겨워 막춤으로 건들거리고.

흑장미

담장 창살 사이에
침묵으로 내민
화사한 미소

햇살 내린 그 자리
초록 잎에 얼굴 묻고

행여
누가 눈짓 할까

가시 돋친 그리움으로
서 있다.

봄비

태어나기도 전에 꼭 찍어
그 긴 세월 재어볼 수 없는
향기로 피어나게 했기에

뼛속으로 스며드는 사랑으로
울컥울컥 뜨거운 눈물
범벅이 되어 훔쳐내며

다시 한번 솟아오르는
당신에의 그리움
전율로 느끼며 감싸안는다.

빵꾸

아저씨!
봄바람 좀
빵빵하게
넣어 주세요.

겨울밤

별님은 으슬으슬
달님은 꾸벅꾸벅

메밀~묵
찹쌀~떡
사~려

꿀밤 깨우는 소리에
배꼽시계 꼬르륵.

팥빙수

얼음으로 버무려
정신 번쩍 드는 맛
웃음이 아삭아삭
행복이 달콤달콤
사랑이 쫄깃쫄깃.

송편

손바닥 위에
텅 빈 마음

동글동글
굴려
보름달

정성 한 스푼
웃음 두 스푼
사랑 세 스푼

차곡차곡
채워
반달.

짝꿍

식탁 위에
숟가락과 젓가락
다정히 앉아

서로 웃으며
우린
영원한 짝이야

그 옆에 있던
국그릇과 밥그릇
덩달아 옆구리 쿡쿡

자기는
내 꺼야.

哀戀

구부러진 회한이
패인 골 파고들다
등 떠미니

배낭 속에 담겨진
숨죽인 적요가
홀로 밤길 재촉한다

툭 던져 굴려 놓은
허공의 가슴팍
돌고 도는 길

피멍 들게 쳐대다
길고 깊어져
일순간 터져 나와

머뭇거리던
어제의 벽에
덧금을 친다

지친 간절함이
막아선 어둠에 매달리다

떨어져 피를 토한다.

첫사랑 · 3

가슴벽에 기대어
촛불로
숨어 타는 꽃

살며시
안겨
노닐다가

터질 듯
하늘을
날다가

깨어 보니
덩그러니
홀로

쭈글쭈글
빠져나간

황홀경

뒤돌아
훔치며
넋을 사른다.

그리움 · 13

긋고 간 허공
만지작거리다
타들어 가는 여백

황홀한 향기로
살랑대는 바람
품으려 하니

다가서면 뒷걸음
돌아서면 매발톱

갈등의 뙤약볕에
비트적거리는
기다림

갈증만
부질없이 삼키다
멍하니 하늘만 본다.

이제야 · 2

말없이
연민 만지작거리다
홀연히 사위어 가면

침묵 포갠 자리엔
먼지 내린 거미줄만
녹슬어 무겁고

갈라진 그리움 너머
발광처럼
목울대 나뒹굴면

때늦게 타들어가던
추억 한 자락 끌고 와
여울로 통곡한다

명치에 고인 회한
하얗게
널브러뜨린 채.

수술대에 누워

난마처럼 얽힌 줄 속으로
놀란 심장이 기어들어 간다

어제 다 버리고 온 부질없는 추억들이 굳어
마른입 안에 가루째 날아들어
긴 날숨으로 기어 나오고 있고

집에 두고 온 나체투성이 대차대조표도
급히 달려 나와 외틀고 서 있다

삽시간에 훑고 가는 회오리바람마저
독촉장에게 다 맡기고

비로소
영(靈)의 피안(彼岸)으로
스르르 잠긴다.

남산 벤치에서

외로움 털어내지 못해
곱씹는 자리

텁텁한 고독
삼킬 수 없어

밀려드는 향수 몇 점
지친 눈앞에 펼쳐 놓는다

오랫동안 품고 있던
환희 하나씩 녹아내리자

기웃대던
추억이 다가와

갈증 톡톡 쏘는
그리움의 먼발치에서

세월 우려낸
해맑은 느낌표로 노래하고 있다.

산세베리아

유리알 같이 홍얼대던
추억의 향기

추임새 넣은 눈물가로
외줄 타기 시작하면

한 뼘 더 가까이
여운 머금고

에돌아 앉은
바람 펴서 등에 업고

봄 햇살에 쭉쭉 뻗어
미소 울타리 친다.

9월

조각된 꽃구름에
또렷이 새겨진 햇살에
달콤한 기쁨 탱글탱글 영글고

그림자 길게 드리운 그리움은
제 몸의 물기를 거둬
간들바람에 조금씩 내려놓고

애틋한 사랑은
고추잠자리 떼처럼
닫힌 맘에 튕겨대고

실눈썹 상념은
들국화 향기에 취해
풍경인 양 서 있다.

내 마음

알 듯 알 듯
망각의 시간을 들추면

스스로 갇혔던
외로움이 벽을 허물고

눈 뜬 여유로움이
가슴앓이 한복판에

슬그머니 스러지고
영혼의 까칠한 뜨락에

부드러운 바람이 들어와
애틋함으로 피어오른다

열병의 덫에 걸려
쉴 새 없이
입을 뻐끔거리면

웃음 섞인 울음이
더 큰 그리움에 갇혀
옴짝달싹 못하게 되고

함지박만 한 추억은
미소 타고
훌쩍 넘어와

사랑이라는 이름 하나
툭
떨어뜨린다.

가을 보길도

가슴 관통하는 바람은
주름진 노모의 손끝에
단풍 소식을 건넨다

꼼지락대던 상념은
허허로움에 뒤엉켜
가던 길 몇 번 돌다가

벌거숭이 신세의
애꿎은 낙엽들만
발로 툭툭 찬다

석벽에
오롯이 깔려 있던
시심 한 자락

희끗희끗한 외로움 덧칠하며
갯내음에 취해
고즈넉이 허공 휘젓고 있다.

가로수

속울음 울지언정
그리움 묻어 두고

푸른 잎사귀 사이 사이
추억 불러들여

잎맥마다
아린 몸짓 헤설피 몸살 앓는다

시간의 표피 둘둘 감고서
휘파람 적시며

안으로 안으로 열정 삼켜
싱그러움 살찌워 간다

마비될 것 같은 발 저림 내려놓고
한 발짝도 떼지 못한 채

빈 껍질 쪼아대는 가슴앓이에
좌르르 쏟아지는 밀어들

저리도록 움켜쥔
떨떠름한 세월 헤아리며

서두르지 않는 인연
한 번도 싫은 기색 없이 심호흡하며

등골에 엉겨붙은 정 소살거려도
목덜미 비집으며

가득 차오르는 내일처럼
환하게 향내음 끌어안고 달려간다

먼 길 돌아온 지친 영혼 닿을 듯 손 내미는
핑그르르 눈물길 물안개 껴안듯 달려간다.

바람

산모롱이 돌고 돌아
보고픔의 이랑으로 그대 오려나

흐르는 느낌만 안을 수 있어
너럭바위 걸터앉아 기약 없이 기다리네

한 번도 드러내 놓고 할 수 없었던
감미로운 포옹

아픔도 슬픔도 비탈진 그늘처럼
물안개 되어 안겨 오네

가슴 갈피 헤집고
혼을 베어 물고 날으네

방랑벽 등에 업고
뜨거운 열정의 회오리 되어
깃발처럼 솟구쳐 오르네

운명처럼 다가온 인연
노을 진 들녘 꿈길 사이로
그리움 살포시 흔들어대도
수많은 세월 내내
말 한마디 건너지 못한
아리디아린 밀회

부딪쳐도 메아리 없고
다가서도 모습이 없어
머물지 못할지라도

대답할 겨를도 없이
머리카락만 끄덕인 채
어느새 훌쩍 감싸 휘감네

만질 수 없고 가질 수 없어도
심장까지 맞닿아
눈빛으로 미소 짓는 사랑처럼.

시심의 방황

버석대며 튀어나오는
시간의 반란 흐느적거리다
가로세로 연속무늬로 아롱진다

터지는 속울음
이리저리 흩날리다 지쳐서
하얗게 지워질 때까지 파닥거린다

신음하는 운명이 통증으로
곪아 터지는 소리 부글거리며
배탈이 나 애타게 부르짖는다
목에 걸려 삼킬 수 없는 허탈감으로

터벅터벅 걸어 나와 발뿌리 끝에 다다른
신비스런 선율로 너울너울 살풀이춤을 춘다.

홍매화

도산 서원 입구에 서서
그리움을 잘래잘래 풀어내고 있다

아픈 세월 포갠 기다림으로
더듬더듬 수줍은 듯 옛 추억 껴안으며

두향의 화신인가
퇴계의 넋인가

휘파람새
수북이 울어대면

붉을 대로 붉어진 꽃등 켜고
상흔 언저리 숨소리 삼켜
이루지 못한 사랑 망울망울 쏟아낸다.

그대는 나의 누구인가

느낌 하나로 바탕을 채색하여
허공에 박혀 있는 그리움의 무늬들이여
그대는 나의 누구인가

바삭바삭 부서진 웃음 밟으며
스쳐가는 하얀 바람 소리여
그대는 나의 누구인가

된서리에 시들어 가는 뒤안길에서
꺼억꺼억 닳아진 연민이여
그대는 나의 누구인가

퉁퉁 부어 신음하다 옷깃 여미며
돌아서는 붉디붉은 눈시울이여
그대는 나의 누구인가

한겨울 동백꽃 피워 올리듯
푸른 길 곧게 걸어가는 뒷모습이여
그대는 나의 누구인가.

추억

빗방울 타고 온 물안갯빛 그날이
서랍 깊숙이 밀어넣은 구슬처럼
우산 속을 또르르 또르르 굴러다니더니
채색 옷 갈아입고 향긋한 두 볼에 스며들었다.

엄마 몰래

힘주어 삐쳐 그린 빠알간 짝짝 입술로
턱 잔뜩 지켜 들고 거울 향해 빠빠
두 눈 꼬옥, 숨을 꾸욱 참으며
왼볼, 오른볼, 이마 두 번씩 톡톡

무릎 살짝, 허공에 손 살포시 내밀고
콩닥이는 가슴께까지 추어올린 치마로
종아리 우아하게 휘감으며
주인 없는 틈을 타 비밀 무도회 간다.

아가

위태위태 기저귀 걸음
하늘 들이킨 눈망울
순수와 겨루는 옹알이
모두 다
노랑나비에 반했다.

치매 할머니

하이얀 망각의 꽃가루
눈동자 위로 쌓이면
합죽한 입이 오물오물

오래 묵은 서랍장 속
객들이 쏟아져 나와
너울너울 춤추며 유혹하는데도

눈깔사탕 또로로록 굴리며
깔깔거리다가

주인 잃은 틀니 누렇게 번뜩이자
깨어진 옥반지에 서슬 퍼런 호통을 치더니
붉은 댕기 쥐어짜며 통곡을 한다.

유전

귀를 거머당겨
빠아 벌린 주홍 입

은근살짝 행복에 겨운
둥글 납짝 앙증 코

환희 내려
사랑 그득한 별꽃 눈

웃을 적
왼눈 감던 할아버지

영원에
발도장 새기고 갔다.

나의 하루

쪼그라진 빈 수레가
하얀 가운으로 동여맨 채
캄캄한 가죽 속으로
빠져든다

터널 뚫는 기다림에
지쳐버린 갈증은
혈관을 타고 돌다가
따스한 열기로 척추를
일으켜 세운다

차가운 침묵이
흐른 뒤
한 사발의 허기를 달래고
낡은 외로움 한 움큼 쥐고서

무심한 세월은
눅눅한 밤바람에 몸을 뒤척이다
설움 한 자락 슬어내고
자리에 눕는다.

하늬바람 여울질 때

스잔함이 달려와
가슴팍을
톡톡톡 두드리면

안개비 숨결은
주마등처럼 스쳐간
상념 털어 내고

질긴 인연들은
뜨거운 침묵으로
자맥질 하네

빛바랜 여백 속에
잠시 머물다 간 상흔도
그리움 끌어안고

애증의 그림자
활 활
불사르네.

어머니

한여름의 목마름처럼
달궈진 고달픔의 땀방울

베갯잇 적시우며
한숨으로 지새운 밤

정갈하게 헹궈낸 그리움

고뇌에 매운 시름
가마솥 되니

닳고 휜 허리에
촉촉이 배어나
순백으로 피어난 백합꽃.

길목에 서서

저민 가슴 홀로 뒤척일 때
한 토막 떫은 마음
허허로움으로 자맥질한다

계절이 바뀔 때면
그리움으로 몸부림치다
굽이굽이 뒤엉킨 인연

안개구름처럼 아스라이
세월의 여정을
배낭에 담는다.

낙엽

지독한 쓸쓸함이
오는 소리

햇살이 너울거릴 때는
깡말라 버린 추억
한 올 한 올 수놓는
설렘의 신음 소리

가을비 내리는 날에는
아쉬웠던 사연들을
촉촉이 흩뿌리는
정갈한 언어

무언의 별빛들이
내리는 밤에는
한없이 고독을 재우는
침묵의 숨소리.

금향 산방

산짐승 우는 무잿등 골짜기
흰구름 내려와 적요한 바위 곁에
조촐한 세 칸 집

산과 숲이 깊고 물이 절로 맑아
봄에는 할미꽃 진달래 피고
여름에는 맑은 바람 천 리를 찾아오는데
긴긴 가을밤 홀로 천장 보고 누웠으니

달 비켜 가는 기러기 울음소리 어찌하리요
소리 없이 하얀 눈 대숲에 쌓이는 소리 어찌하리요
저 달 지기 전에 술 익어 가는 소리 어찌하리요.

녹차

꼭두새벽
만보 운동을 다녀온
할아버지의 헛기침 소리에
잠 깨어

감기 안 걸리도록
더욱 예뻐지도록
머리맡에 놓여진
따스한 향기 한 송이.

계절의 미학

언제부터였을까?
텁텁한 가을이 폐부를 헤집고 들어와
게으른 나를 마구 흔들어 깨운다

엊그제 친구가
막걸리라도 한 잔 받아달라는 가벼운 농담에
그만 픽하고 웃어 버렸는데

낙엽 닮은 옷을 꺼내 입고
무작정 집을 나선다

나지막한 산등성이에 오르자
온통 누런 향연이다

빈 몸뚱이로 구부정하게 서 있는
누런 콩대를 보자
울컥 눈물이 난다

유난히도 더웠던 지난여름
외마디 변명 하나 없이
당당히 스러져가는 뒷모습에 주눅이 든다

할 일 다 마치고 떠나는
저 아름다운 빛깔

모든 걸 다 품어낼 때
더 찬란해지고 고와지는
저 황홀함

부끄러움에 고개 숙인 작은 어깨를
어느 틈에 다가와 토닥여주고 어루만져 수는
저 따스한 햇살

무거웠던 발걸음은
어느덧 갈색으로 곱게 물든다.

병원 밤근무

스물네 시간을 셋으로 나누어
빈틈없는 눈길로 채워간다

하얀 여백이 있을 수 없고
들숨과 날숨만 경계를 넘나드는 곳

터질 듯한 긴장만이 온몸을 휘감고
종종거리는 걸음 속에서
어제는 오늘과 또다시 이어진다

새벽이 가까울수록
커피잔엔 두터워진 몽롱함이 쌓여간다

긴긴 밤의 마침표를 찍고
가까스로 세상으로 향하는 문을 열면

부스스한 얼굴에 달라붙어 있던 졸음이
와르르 발등으로 쏟아져 내린다.

씨앗

질척한 걸음 내려놓고
꾸덕꾸덕한 자리 찾아
한몸 뉘이면

깡마른 바람이
뒤집기를
수차례

수많은
고해와 변명의
생채기를 말리고

움켜쥔 미련과
찬란한 추억 향까지
다 말리어

빈
껍데기
벗으면

마음 졸이며 살아 낸
시간의 무게만큼
톡톡 떨어져 내린다.

그녀의 정원

사람 냄새
몹시
그리운 날

대문 옆 빨간 석류
두 볼 붉혀
제일 먼저 손 흔들고

키 작은 해바라기
비스듬히 서서
무화과와 눈 맞추고

대 오른 푸성귀
모이 쪼는 닭들과
숨바꼭질 하고

늘어선 감나무 가지에
웃음들이 알록달록
매달리면

돌아보는 발끝마다
배시시
가을이 묻어난다.

겨울 꽃잎

뜨거운 날들의 파편들을
침묵으로 친친 휘감아
죄였다 풀었다를 반복하면서
영생을 꿈꾸는
처절한 담금질

너덜너덜한 허물이
마지막 숨을 쥐어짜다가
퀭한 눈 부릅뜬 채
뚝뚝 떨어지는 고통을
삼키며 서 있다.

첫 만남

몸속 깊은 곳에서
두근두근 뛰는
설렘 소리

그 소리 버거워
어찌할지 모르겠네

다음 번
또 그 다음 번도
이럴까.

차 한 잔

소반 위의
찻잔을
받쳐 들면

청아한 옥수는
너무 맑아
고요한데

날선 적삼 입은
하얀 여백은 숨을 죽여 앉는다.

봄바람

잃어버린 사랑 찾아
분홍빛 나래 펴고 다가와

볼 붉히는
유혹의 속삭임.

명상

오솔길 따라 스산함이
살랑대는 새벽

아버지의 긴 한숨 고이던
주름의 언덕을 오르다가

아슴푸레한 그리움 찾아
등 뒤에서 꼬옥 껴안고

끓는 열정으로 입맞춤 하다가
소나기처럼 퍼부어지는
사랑 노래 부끄럼 없이 펼치다가

긴 호흡으로
투명하게 지우면

높은 하늘
한가로운 구름
유유히 흐른다.

히말라야 넘는 티벳 아이들

엄마는
'너무 사랑해서 보내는 거야'
눈물자위조차 지우지 못한 채
안쓰러운 꼬막손을 품에서 떼어낸다

열 살배기 아이는 글썽이며
'엄마 꼭 와야 해'
생사조차 알 수 없는 세계 향해
걸어간다

휘번뜩이는 눈초리 피해
휘몰아치는 칼바람 온몸으로 받으며
어둠 속 천길 빙벽 더듬어
희망 찾아간다

불안이 엄습해 올 때마다
뜨거운 숨 몰아쉬다가
여린 뼛속까지 냉기 스며들면
주저앉아 만년설 틈바구니에 파묻힌다
그리운 얼굴들 그리며 그리며.

첫눈

선한 눈빛이
온몸을 감싸안는다

욕심까지
하얗게 날고 있다

마음에 노래 심어 주는
천사의 시종이 되어

까마득히
잊고 있었던 사랑

그 한복판으로
파문을 일으키며 내달린다

아무도
몰래.

프리허그

껴안는다
그냥 그냥

가느다란 독백 하나까지
따스하게 덥히며

그림자처럼 따르는 그리움은
해맑게 걸러 주며

그 누구의 고독이라도
약손 같은 마음으로 다독거리며

덤덤한 평상심은
질박한 가슴 위에 올려놓고

붉게 물든 설렘으로
잔잔하게 채색하며

하얀 꽃잎 같은 흐느낌에는
위로의 댓글 달아 주며.

위안부 할머니

머나먼 하늘 아래서
밤마다 그리며 그리며
하늘나리 땅나리

찬 서리 내리는 아침에
한 잎 두 잎 떨어져 가며
하늘나리 땅나리

한뎃잠 눈에 밟혀
검붉은 어혈로 남아
하늘나리 땅나리

지친 육신 짓밟혀
검은 생채기로 뒹굴며
하늘나리 땅나리

사위어 가는 회색 꿈
희미해져 가는 추억 붙잡으며
하늘나리 땅나리

곱게 영근 빛방울 주워 담아

이제는 뜨겁게 데워

하늘나리 땅나리.

커피잔

뜨거움이 담길 때마다
통증 스민 내면은
무수히 금이 간다

손금 살피듯
고단한 상흔 가닥가닥
꼬여져 기웃거리며

오래 아파하며 깊이 들어가
고개 숙이고 토라져
돌아 나오는 길을 잃어 버린

지나온 생의 골목과도 같은
잔금들이
돌아나 갈등하며

몇 마디 말로 살아남은
저희들끼리
은밀히 속삭이며.

가을 낙서

하늘을 보면
눈이 베일 듯 시려 오고
파란 공기는
가슴속을 사르르 녹여 내린다
애써 기억 하지 않아도
달구어지는 그리움
훅훅 불어 젖히는
잎새의 축제에 귀 기울인다

아름답게 풀어 놓은 음악의 서곡처럼
엉켜 가는 환상의 소리에
이별을 서러워하는 마음들이
은은한 눈빛 촉촉이
서로서로 인사를 나누고 있다

철없이 오락가락 하며
끊임없이 벗을 것 다 벗고
내놓을 것 다 내놓아 가며
쓰다듬어 내리는 몸짓들이
아린 고독으로 쌓여가는 오후에.

1박2일 여행

꿈꾸듯 더듬거리며 짙어지던 노을이
목소리 높이다 사라지면
932호 베란다는
줄을 놓아 버린 수평선 위로 쓰러진다

단단해진 고요가 짜르르 움직이자
먼저 웃어도 웃지 않는 바람 조각들이
가슴에 글자 같은 실체를 꽂으며 쏟아져 들어온다

등대가 잠들고
영혼을 위로하는 여명이 찾아들면
파도에 시달린 모래톱 위로
머리 날리는 바람결이 먼저 걸어가고
거친 물무늬 숨결이 그 뒤를 따른다

밤새 준비한 사랑은 오롯이 소리로만 남아
돌아누운 마음을 바람에 실으려 애쓰고 있다

아직 잠깨지 않은 연민은 파도를 닮아 가고
웃음 깔리는 낯익은 곳으로 다시 돌아온 일상은
짐을 챙겨 창가로 다가서며 파도를 접는다.

강화도

꽂힌 꿈 빨아들이듯
간기 밴 나문재를
뜯어 갑니다

불그스레 눈물 같은 갯풀 위를
혼절하는 물풀처럼
뜀을 뜁니다

바닷초 품어 안은
밀물 등에 지고
반나절 이겨낸 허기 품고 쓰러집니다

쪼르륵 돌아와 앉은 이야기
대낮에도 별천지로 깨어나서
초롱초롱 그날이 됩니다

세상 끝으로 불려지는 발걸음은
어여쁜 꽃으로 피어나
뭍을 첨벙이며 하얗게 돌고 돕니다.

圓

촉촉이 띠 두른 은은함처럼

불같이 돌고 도는 열정처럼

평면을 죽도록 사랑하는 차바퀴처럼

빙그르르 촉기 담아 꿈 쫓는 눈동자처럼

서로를 깊게 다짐하는 계절의 설렘처럼

눈물 꼭꼭 채워 피어난 꽃씨처럼

동그랗게 가슴의 귀 쫑긋 세워

사랑을 그리는 의미 속으로

우주를 동그맣게 말아서

방울방울 빛방울 날리는

미래의 강한 힘이 담겨져 있다.

짝사랑

머무는 시선 끝
고이 감싸 안아

세월 위에 수놓는
상상의 나래.

첫눈 오는 밤

송이 송이
검은 융단에
저리 찬란히
작품을 시작하는데

잠 못 이겨
스러지면서도
꿈속은 첫사랑으로
가득 채운다.

거울

만남의 시작부터
진실만을 찾아 숨쉬었나 보다

다가서는 속사정보다는
수면 위의 낙엽처럼

묵묵히
닮은꼴만 고집하고 있었나 보다.

단풍

봄날
온몸으로 고이 안고
머금은 미소

여름 내내
부둥켜안고 울부짖었던
처절한 몸부림

가을 되어
어루만지는
서늘함

모두
이별 앞에서
바르르 떨고 있구나.

노송

보면서도 못 본 척
걸어놓은 소망으로
온몸 단장하고

학과의 대화로
채색된 언어
토해내며

꿈꾸듯
천년의 사찰을
응시하고 있다.

무지개

푸른 하늘을 설레임으로 적셔
색색 날개 펴고 활짝 미소 짓는
너

영롱한 비밀 입에 물고
햇살빛 구름다리 수놓는
너

가슴 난간에 살짝 기대어
영혼의 속비늘까지 곱게 물들이는
너

구애의 몸짓 황홀하게 너울대다
눈부시게 숨결 터뜨리는
너

목말라 애타게 우는 그리움 속에서
환상의 낭만으로 떠오르는
너.

꽃샘추위

꼭 닫아 건 거리를
이리저리 떠돌다
나뭇가지에 걸려 울고 있는
시린 날의 환상이여

기울어 가는 달빛 아래
헝클어진 심장에서
와락 쏟아내는
진눈깨비 서러움이여

허공을 치다
힘이 빠져 버려
서서히 굳어가는
그리움의 신음 소리여

저 깊은 곳에서
정수리까지 차올라
부둥켜안은
언 가슴의 고독이여

오랜 전설처럼
쌓인 아픔
그 갈라진 틈새로 새어나간
부르튼 영혼이여

피안보다 더 먼
목마른 여운으로 휘청이며
미친 듯 두드리는
빛바랜 여명이여.

이곳이 좋습니다

황홀한 자유를 받아내며
가장 낮은 곳에서
가장 높은 곳을 느끼는
이곳이 좋습니다

순간순간
성큼성큼 다가와 나를 덮칠 때
가슴팍에 불화살을 쏘아 주는
햇빛이 있어
이곳이 좋습니다

가끔 추억의 뚜껑을 열어
시간의 초침들을 꺼내 정갈히 씻고
가난을 달빛에 휘휘 저어 말아 마셔도
배고픈 영혼으로 빛나는 별빛을 볼 수 있어
이곳이 좋습니다

물안갯빛 심장을 낭만으로 데워
석양을 마신 강물이 그리움 그려내는
지금 내가 서 있는
한 번도 같은 곳이 아닌
이곳이 좋습니다.

짝사랑

길섶에 피어난 화사한 복사꽃
황홀한 향기로 입맞추고 싶어요

날마다 밤마다 꽃잎을 땄죠
생채기 난 자리엔 빨간 물이 고였죠

당신의 것이면
타들어간 이파리도 벌레 먹은 꽃잎도 좋아요

눈 시리도록
기다림으로 붉은 꽃 모조리 태워
한 방울의 눈물로 스며들고 싶어요

황혼이 머리 위에 외로이 앉고
불꽃으로 통통 부은 심장 몸져누웠어요

마음을 꼭 잠근 사람아
눈을 꼭 감은 사람아.

소낙비

요염 떨며 널름대는 혓바닥으로
뜨겁게 온 세상 핥더니

이내
붉으락푸르락
삼킬 듯 시퍼렇고 날카롭게 번뜩이다

꾸역꾸역 기어 나와
핏기 서린 벌건 눈알 뒤집어

독침처럼 내리꽂는
오만한 비명

사육 당했던 영혼을
지우개로 박박 지우듯

갈기갈기 찢겨 쏟아지는
날숨과 들숨의 자리

밑으로
밑으로

비울수록 채워지는
자유의 날개.

매화

영혼까지 스며드는
은은한 꽃향기

백자에 담겨진
고결한 숨결

미처 부르지 못한
연분홍빛 추억.

대나무

노을 잠긴 무상의 세월
그 흔적까지 보듬어안고

하늘 향한 일념으로
곧고 둥글게 살다가

텅 빈 가슴 마디마디
충절어린 혼백인가.

목련

겨우내 지피지 못한
사랑 안고 가슴 저미더니
움켜진 껍질 벗고 피어난
새색시 두 볼이여

 굳게 언약한 대로
학 같은 그리움으로
고이 접어 보듬은
순백의 부활이여.

지금부터

일그러진 욕망은
투명한 접시 위에
얹어 놓고

뻣뻣한 자존심은
침묵의 땅에
깊게 묻어 놓고

오염된 피는
정맥 잘라
미련 없이 다 쏟아 버리고

염치고 체면이고 다
흔적도 없이
뭉개 버리고

더 작게 더 낮게
있는 듯 없는 듯
살련다.

당신뿐 · 2

나에게 뜨거운 돌멩이 던져
가슴에 피멍 들게 한 이는
바로 당신뿐

회색빛 안개 속에 나타나
가슴을 여울지게 하는 이는
바로 당신뿐

내 보랏빛 정원에
물 뿌려 꽃피게 한 이는
바로 당신뿐

잠시라도 떨어져 있으면
애간장 닳게 하는 이는
바로 당신뿐

새장 같은 내 머릿속에 항상
또아리 틀고 앉아 있는 이는
바로 당신뿐.

몰랐어요 · 1

약속 시간에 너무 늦게 도착했을 때
손이 너무 차다며
두 손 감싸 주던 그 따스한 손길이
사랑인 줄
그땐 미처 몰랐어요

바라볼 때마다
온 얼굴에 잔잔히 퍼져 나갔던
말없는 그 하얀 미소가
사랑인 줄
그땐 미처 몰랐어요

길 걷다 넘어졌을 때
손을 잡아 일으켜 주며
걱정해 주던 그 놀란 표정이
사랑인 줄
그땐 미처 몰랐어요

속상한 일이 있을 때마다
용기 잃으면 병이 찾아온다며
어깨 두드려 주던 그 고운 목소리가

사랑인 줄
그땐 미처 몰랐어요.

어떤 정경 · 1

전철을 타고 혜화역에 내려
계단을 올라가니
즐비하게 늘어선 노점상들이
저마다 상품들을 진열해 놓고
진득진득한 시선을 굴리고 있었다

나뭇잎들이 다 떨어져 버린
겨울나무처럼
모시바람에 하루 종일
온몸을 내맡긴 채

소리 없이 몸부림치는
시간의 목덜미 깔고 앉아
하루 종일 꼼짝도 않고 서서
깊디깊은 침묵을 퍼 올리고 있었다.

이별 앞에서

무슨 일이 있을 때마다
어김없이 그 청아한 빛을
시련에 내어주고

자신은
더욱더 깊은 심연으로
자리를 옮겨갔지

밤낮으로
수많은 질타를 당하던
시절에도

분노에 떨며
토해내는 눈물로
별보다 더 반짝이며

바닷물보다 더 진한 세월이
훑고 지나간 자리엔
어느새

온통 가슴이
여기저기 다 무너져
도무지 끝이 보이지가 않았어

항상 작은 움직임만
굳어가는 침묵의 동굴만
멎어 버린 시간의 무덤만

고스란히 남았시
녹슬고 찢어져
소리도 빛도 없이.

고드름

올올이
하얗게 삭아내려

한 생 떨어뜨리듯
아래로 한없이 아래로

긴 시간
마디 마디

속울음 간직한 채
서글픈 몸부림으로

차가운 가슴에 쏟아 놓은
투명한 눈물바다.

고드름

바보

한실문예창작

편하게
들꽃처럼 다가와

홀로 삼킨 설움도
가슴 한켠 저림도
여백 속에 숨겨진 그늘까지도
살뜰히 어루어 주고

허락하지 않아도
가만히
사랑의 집을 지어

침묵으로 어깨 내밀어
따스한 감정의 옷 입혀
기댈 수 있게 해준

참
고마운 사람.

이별 앞에서

와르르 쏟아지는 울음 껴입고
한없이 넓고 깊게 심장 속으로
두려움 쓸고 와
온몸을 친친 동여매는 순간입니다

멍들어 버린 운명이
참으로
견디기 힘이 듭니다

마음이 다 닳도록 몸부림치며
파르르 맞서 보려 하지만

신념은 사선으로 흩뿌려져
처절히 굴복당하고 맙니다

이 순간
한 발 한 발 뒤로 물러나
마비되어 끊어질 듯
녹아나는 아픔만 서려
절뚝거리며 떨고 있습니다

허기져 남은 작은 시간 내내
촉수 세워가며 무섭게 채찍질해 봅니다

등이 휜 하얀 새벽과
애처롭게 타협하며.

상흔

미움이 버거워
달빛으로 서성이고

달빛이 싫어
바람 되어 흔들리고

바람이 서러워
안개비로 내립니다.

그리우면

사무치게 그리우면
손끝 짜릿한 향기 내뿜어
보고 싶다 문자 보낼래요

견딜 수 없이 그리우면
전화기에 마음 담아
나긋나긋 사랑한다 속삭여 줄래요

몸서리치게 그리우면
그대 뜨락에
내 숨결 내 발자취 옮겨 놓을래요.

전철 안

포만감을 느껴본 적이
언제였던가
작은창자 같은 자리들이
하얗게 닳았다

수많은 사연들이
쉬었다 간 흔적들
피곤은 앉자마자
누렇게 졸고
웃음기 없는 찌든 하루는
마냥 달리고 있다

무슨 의미라도 잡으려는 듯
쉬임 없는 질주는 계속되고
채워졌다 비워졌다
지친 허기는 숨이 차 헐떡거린다.

빈 항아리

암탉이 알 품듯
조심스레 품어 안아
키운 자식들
객지로 다 내보낸 뒤
찬바람만 가슴에 담고
서 있다

추억 한 사발로
달래 보는 공허
울리지 않는 전화기
반짝반짝 닦으며
텅 빈 방안에
그리움만 가득 채우고 있다.

오늘 신문

북한에서 먹을 거 찾아 사선을 넘으면
중국에선 잡아 되돌려 불바다로 던지는
2012년 2월

호텔 결혼식 비용이 집 한 채 값
한 시간 쓸 꽃값만 이천만 원
선거철 앞두고
눈이 빨개 골목을 휘젓고 다니는
이리 승냥이 떼
지난밤 생활고 비관해
두 아이 안고 아파트에서 투신한 여인
종일토록 졸음 참는 구멍가게의 애처로움조차
신문지 뒤적이며 한숨짓다가
부끄러운 듯 서산 향해 내달린다.

설매에게

어둡디어두운 시절
비바람 눈보라 속에서도
더럽혀진 땅을 씻어 내기 위해
살아 있는 아들딸들아

꿋꿋이
참고 견디거라
온누리에 향내 퍼져
영혼 촉촉이 적실 때까지.

삶 · 4

온갖 치장하고
뭇 시선 사로잡으면서도
창밖으로 외출할 수 없어
안타까워하는
마네킹.

꽃잠

물길 같은 세월 감아올리듯
어둠을 건너는 들꽃이 되어

마디마다 흔들렸던
연민의 갈등도 느긋이 풀어 놓고

별바라기처럼
한몸인 듯 세상을 우려낸다.

명옥헌 배롱꽃

청순한 마음 두근대며
초연히 우러르는
붉은 환희

마른 울음 풀풀
몸살 앓듯 보채며 날리는
추억의 날갯짓

고즈넉한 연못의 잔물결 위에
투명한 그림으로 일렁이는
눈부신 노래

물바람에 자맥질하던 꽃이파리
수초마다 목걸이인 양 걸어두는
찬란한 향기.

봄

골진 맘자락마다
희뿌연 는개
설풋 흘러들면

심안으로 끌어들인 내숭들이
숫처녀 가슴 앓듯
봉긋봉긋

귓볼 울린 워낭 소리
침묵에 든
두렁마다
청보리 하품하듯

한 가닥씩
귀를 열면

삼삼히 뒤척거리다
곁눈질한
옛사랑

노고지리 우짖듯
하늘 높이 떠
사연 자락 띄운다.

광주호의 봄을 찍다

수런대며 피어난 연둣빛 발자국들이
일렁이는 물비늘에 멀미를 앓으며
찰카찰카

품속에 들었다
머리칼만 훔쳐 달아나던 바람 한 줌
수면 위에서 물구나무서다가
찰카찰카

탄성의 눈빛들이
들뜬 마음자락 버들에 걸어두고
기웃대는 햇살 끌어당겨
찰칵찰칵

팔딱거리는 은빛 기억들을
소곤대는 꿈결마다 끼워 넣고
찰칵찰칵.

향수 · 1

허리에 부테 두르고 베 짜는 어머니
끄식신 발에 걸고 양손 북 오고 갈 적
한 밤이 올올이 필로 짜여 감겨지는 소리

사랑방 일꾼들 새끼 꼬아 비비는 소리
가마니 짜는 소리
재담 떨어 흔드는 소리

곶감 접은 아버지 수숫대 넣는 소리
담뱃대 터는 소리
별빛 함께 쏟아지는 소리

물레 잦던 할머니 허리 펴 누울 때마다
양팔에 혹처럼 달라붙은 오빠와 내가
젖가슴 문지르며 듣는 맥박 소리.

만남

포구에
출렁이는
물그림자

고적한
넋
풀어내어

이슬
맺힌
너스레로

낮은 선율의
화폭에
발자욱 찍으며

잠시
상념의 장막에
낭만을 드리운다.

만남

여행

웅달비알 선
붉디붉은 몽우리

속살까지 차올라
연연히 흐른다

촉수 세우고
돋아난 그리움처럼

담장 아래
머금은 수줍음처럼

움푹 팬 가슴앓이
흘리는 눈물 가르며

싱그러움 타고
언 가슴속으로 사르륵 흐른다.

가을밤

어둠의 적막 속으로
질주하는 가로수 행진은
불꽃으로 하늘 끝자락 붙들고

날갯짓하는
계절의 열기는
망각의 시간 앞에서

무게만큼 줄 지어져
차창 너머
별빛 세며 달린다

고즈넉이
불어오는 바람결
가슴 뒤흔들어
파고드는 애잔함

흐르는 음률에
친친 감기어
홍건히 고인

그리움 앞에
목마름으로 갈구한다.

인생

한 금 구겨진 채
누렇게 탈색되어
갰다가 흐려지는 미련

시간을 삼켜 가며
정점을 나르는
비파의 울음

무너져 가면서도
돌돌 감기어
헛발질하는 고뇌

끝없는 질주 속에서도
영원의 틈새를
기웃거리는 새.

새아침에

하얀 길섶의 설렘이
아린 가슴 쪼아대는 물총새 따라
뒤뚱뒤뚱 뒷걸음질하는 강가

곱게 접어둔 꿈
한 알 한 알 깨어나
설꽃 가슴으로 피어난다

알 수 없는 긴 터널 건너
눈물로 얼어 버린 추억까지
바람으로 돌돌 감아

하늘을 두드리며
찬란하게 떠오르는 품을 안고
한 땀 한 땀 너를 새겨본다.

기분 좋은 날

가슴 한켠에 접혀 있던
웅크린 마음 펴니
눈먼 섬처녀 혼이 담긴 창소리처럼
보리피리랑 어울렁 더울렁 떠다닌다

노오란 올레길 한복판 돌담 아래
뒷춤에 드는 노파의 탱탱한 사랑처럼
파란 바람결 타고 날아오른다

막걸리 한 사발에 녹는
봄의 왈츠 한 소절
그 흔적이 반달 눈가를 펴게 한다

뒤엉킨 자리 걷어낸 처음 그 자리
한 땀 한 땀
메꿔 돌리고파 애태운다

꼬여 가는 홍조 띤 걸음조차
출렁이는 연둣빛 가락 연거푸 들이키며
바스락거린 그리움에 눈길 머문다

조각조각 흩어져 버린 묵은 시간 꿰매며
기약할 수 없는 아쉬움 내려놓은 채
훌훌 털고 발길 옮겨 딛는다

황톳길 아래
스르르 거품처럼 잊어져 가는
송화 노랫가락의 북채를 두드리며.

담쟁이넝쿨

무한한 꿈들이 꼬불꼬불
두리번거리며 벽을 부여잡고서
갈림길 따라 발돋움한다

서로 얽히고설켜
타박타박 시간 헤치며
저마다 흔적의 발판 되어 나약하고
지친 몸 의지한 채

열악할수록 더한 의지로
별별 탓하며 쉬는 길목에서도
아픔도 잊은 채 제 갈 길만 바라보며

숨쉬기조차 힘든
연초록 이파리에 가득 담은 사연 좇아
날아가는 발자국이 쓸쓸함으로 더해
한 쪽 다리 벌려 움츠린 팔 쭈욱 벌려 보며

누구도 모를 담장 너머 세상을 갈구하며
하늘 끝자락 고개 넘어 내일을 향해

살아야 하는 본능 한 뼘씩 재면서
오르고 또 오르며

시린 맘 쥐어 들고
행여 날릴 세라
조붓한 맘 소리 없이 에워싸며

깊고 낮은 한숨소리에 기대어
어둑어둑한 길 휘감는 가슴벽일지라도
흔들리지 않고 한 꿈 한 꿈 편다.

색소폰

여름 끝자락 저편에서
오고가는 바람마저 발길 멈춰 버린 채
가슴 적시며 한없이 울어댄다

금빛 가루 날리듯 사뿐사뿐 날아들어
따스한 손길 어루만지며 어느새
무너져 버린 한 묶음 내려놓으며
살포시 떨림의 입맞춤을 한다

길고 긴 체온
애절한 목소리로 속삭이면
하나가 된다

푸념 속의 굴레 벗어나
젖가슴에 묻혀 잠든 것처럼
아련한 전율이 온몸 휘감는다

때론
마음 시린 첫사랑 기억 맴돌며
영롱한 추억 움켜잡고 쓴웃음으로
설레임에 젖는다

혼자 아닌 둘 되어 함께하는 음률
모래알 발자욱인 양
사르르 녹아내리고 있다

별빛 하나하나 주워 담아
지긋이 감은 수평선 위에
물안개 흩뿌리듯

가슴 적시도록 뭉클해지는
한켠의 맘 내려놓고
백 년이라도 울어 보고 싶다

환락에 취하여
허우적이며 뒤틀려가는
지표마저 흔들어대며.

한번쯤

두둥실 떠다니는 설렘 품고
하얀 언덕길 조심스레 걷는다

뒤뜰에 묵혀 두었던 열정 한 바구니
가득 담아 널 그리며

지워지지 않는 추억 한 장 날려 보내며
바람의 손목 부여잡고 이끄는 대로
걷는다

정겹게 찾아온 너의 해맑은 미소가
무빛으로 서 있는데도

언제나 묵묵히 그리움에 흠뻑 젖어
차가운 가슴 토할지라도

오늘도 널 그리워하며
하염없이 걷는다.

바람아

어느 텅 빈 오후
황홀한 눈빛 날리며
어쩌다 힐끗힐끗거림이
아는지 모르는지 어기적이다
못내 돌아서 시큰한 모습으로
발길 옮기는
바람아

왠지 모를 서러움이
그리움으로 흘러
추억 뒤적이다 남겨진
체취들처럼
횅하니 뚫린 아쉬움 달래 보며
침묵으로 가득 고인 갈증
채워 주는
바람아.

장사익의 노래

높고 널따란 창공으로
여울져
끝없이 퍼져 나가는
나비

땀방울은 핏빛 소리로
신들린 동작은
영혼 휘감은 격정으로 날으는
나비

연둣빛으로 너울대는
탄성이 되어
메아리로 메아리로 손짓하는
나비.

손주들이 다녀간 뒤

조그만 방은
외로움의 닻이다

그 위로
창문이 숨을 쉬면
메아리가 넘실거린다

"할머니!"

오늘은
유난히 방이 꿈틀거린다.

노을

물장구치다
방긋 웃으며
사라지고 마는
집채만 한
그리움

슬프도록
황홀하게
활활 타오르다
잠기고 마는
황금빛 추억.

함박눈 휘날리는 날

정수리에서 발등까지 내리는
2월의 추억 여행처럼
화롯불 속의 고즈넉함이
풍선 되어 떠오르는 날

소나무들의 울부짖는
은빛 앞산 위에서
동백꽃보다 더 화려하게 웃으며
심장과 어깨를 나란히 겨누는 날.

어머니

미소가 되돌아온 날
함지박 정한수엔
보름달이 높이 차올랐다

길목엔 목련향 풀풀거리고
낮은 휘파람 소리는
소근거리듯 볼을 간지럽혔다

봄아
어서 오렴

한실문예창작

흐드러지게 핀 언덕 위
꽃길 사이로 꿈마중 나가게
비단 손수건 펼치고서.

동백꽃

충혈된 심장 속엔
리듬 탄 맥박 소리

웅어리진 서러움
붉은 송이 송이

속절없는 동박새
구애의 입맞춤에

뜨거운 피로
저항하다

반쯤 열어둔
영혼의 아픔 속으로

넋 나간 소녀처럼
굴러 떨어지는 순애보.

꽃샘추위

앞섶도 풀어헤치고
바람 속으로 흘러내린
나지막한 신음 소리

외로움에 취한
허허로움의 독백인가

병든 영혼의
핏발 선 절규인가

송이송이 부풀어 오른
애틋한 그리움인가

다독이면 울음 터질
뜨거운 가슴앓이인가

등 휘고 살 터진
무상함의 탄식인가

허공에 恨 뿌리며
비나리 토해내는 춤사위꾼인가.

봄비

들창가의 낭만에 취해
흐느적거리는
갈대 같은 영혼

잊혀진 듯
귀에 익은 아픔들 위해
그 앳된 모습 살며시 포개 놓으면

밑그림 사라진
나지막한 울림이
가슴속으로 메아리친다.

잔설

까만 용마루 목에
엎드려 있는
겨울 잔당

철수 명령을 듣지 않고
고집 부리는
고독한 매복자

뜨거운 가슴에 묻고
서서히 산화하는
영욕의 화신.

향수

봉긋 솟은 젖가슴 자락에
질곡 사연 묻어두고
고요 찾아들면

구들 뎁힌 냉갈들은
신선들의 신음 소리로
일렁이기 시작한다.

낙엽 위를 거닐다

바스락 소리에
가슴 가득 불꽃을
일으키고

미끄러지듯
묶어진 그리움을
풀어 놓는다

어린 시절
깔깔거렸던 웃음 그대로
호주머니에 담고

가만히
읊조리기에
좋은 날

깊게
사색하지 않아도
좋은 날.

은행잎

더이상
추억을 만들지 않아도
좋으련만

약속을 지키기 위해
한 잎 한 잎
초침이 떨어진다

심장의 박동을 깨우며
눈시울 촉촉이 적시며

다소곳이 있기에는
너무나 짧은 순간이기에

잠시 쉬고 있는
누군가의 발등 위로

여유로운 전율 따라
노래하듯.

가을 여행

차마
삼킬 수 없었던
열정도

차마
어루만지지 못했던
속내음도

빈 가지마다
걸쳐 놓고
바스락거리는

숨소리 껴안은
발걸음

홀연히
낙엽 앞세워
먼 길 떠난다.

입학식 가는 길

여린 눈망울에
잔소리 가득
채워지는 날

초등학교 향하는 길목 가득
무거운 걸음 가벼운 걸음
동시에 눈을 맞추년

두 손 꼭 잡은
침묵의 무게만큼
촉촉이 적셔오는 따스함

서로 감싸 주기라도 하는 듯
재잘재잘 이야기를 신발 위로
사뿐히 들어 올린다.

초승달

딱딱한 침상에서
잃어버린 동심을
끌어올리며

잔뜩 움츠린 채
먼 하늘 응시하면
작은 키 그림자 속에

호흡만큼 가벼워진
노란 깃털 같은 추억이
너울너울 쏟아진다.

한수제 둘레길

너울진 가슴이
가녀린 물결 되어
서성거린다

아픔 달래며
알 수 없는 깊이로
산산히

나른했던 길목마다
벚꽃잎
눈발처럼 날리며

터질 듯한 애틋함
얼마쯤은
버리고 또 채우며

속울음의 빛으로만
고스란히 지켜온
긴긴 시간들

그저 다 품고

그저 다 내어 주는
여유로움을 흘겨보며

발자욱 소리만
뚜벅뚜벅
마음의 메아리에 새겨 놓으며.

매미

기다려온 시간만큼 부드러운
황홀한 羽化

나뭇가지 부여잡고 내지르는
처절한 장대비 울음

아름다운 너 만날 수만 있다면
긴 시간 어둠 지켜온 서러움
파편 조각으로 산산이 흩뿌려져도 좋으리

뜨거운 울음의 향연 끝나면
회한의 기억 한 귀퉁이 돌아

묻지 않아도 가는 길
아름드리 향기만이 부유한다.

성산포

비릿한 바다 내음이
코끝으로 젖어들고

모래톱에
지루한 하루가 흔적 없이 묻히면

무표정한 눈망울들만
끔벅끔벅

여기저기 흘린
추억과 낭만을
파도가 출렁출렁 쓸어간다

아픔을
바닷속에 잠재우며.

오일장 · 2

차가운 웃음들이
여나 뭉치 빠른 이중주로 흐른다

이내 짙어지는 하늘빛
어딘지 스산하지만

질척히 고인 핏물에
푸념의 털들이 떠다닌다

그 속에서 흰 장화들은
여전히 당당하다

세월에 지친 손등이
흐트러진 밭고랑 같은 주름살을 출렁이며
구깃한 검정 비닐 속으로 빨려들어 간다

땅거미가 묵은 그림자 안고
잰걸음을 한다

등 굽어 시리지만
저마다의 얼굴빛이 있다

수차례 실패한 쌀튀밥이
함박눈으로 내리고 있다.

당신

당신은
복숭앗빛 마알간 얼굴로 다가온 사람

골 깊은 시간 따라
동공에 그림자 하나 새기고

일그러진 상처 그렁그렁 매단 채
구릿빛 몸 구부려 목마름을 달랜다

체념의 빈 시선
숨죽이는 반란들로 시름할 때

당신은
우리에게로 왔다
그리고 토해냈다

그늘진 곳 허기진 땅에
사랑의 손길을 심어 놓고

가슴에 눈물샘 하나 만들고는
가 버린 당신

가장 아름다운 곡조로 꺼이꺼이 울던 날
척박해진 대지만큼이나 메말랐던
가슴 한복판을 휘돌아

그리움의 분화구 하나 덩그러니 새기고
펄펄 끓다 내리내리 눈물 적시며.

무등산 옛 길

다람쥐 슬쩍슬쩍
연리지 꽃동산에서
노니나 보다

오솔길 골골마다
나뭇잎은 서러워
바삭바삭거리나 보다

잣고개 골골마다
소금장수 애환
어리나 보다.

억새꽃

흔들흔들 꺾이지 않는다
허우적대면서도
정녕 기죽지 않는다

밤새도록 서릿발 같은 외로움
하얗게 날아가고 나면

눈물 나지 않을 그날을 위하여
오늘도 홀로 삼키고 홀로 추억하며

푸른 그리움 지닌 몸 흔들려도
아름다이 달빛 품어 서 있다.

봄비

단물 살짝 입술에 적시자
검붉은 가슴이 솔솔 무너져 내린다

영혼의 잘디잔 이슬방울처럼
겨우내 생채기 나 부르튼 탄성처럼

멀리
열정의 날개 앉은 곳에

조금씩 음미하고
조금씩 향긋이 추억 되찾아
찾아드는 발걸음처럼

또다시 예고된 눈물이
바람에 날리는 날

문득 어지러워 새하얀 눈길
한 송이 한 송이 애태워
피고 지고 피고 지고

가끔씩
허공에 내리꽂는 꽃비처럼
피고 지고 피고 지고

포근한 눈빛으로 내려앉은
기억들을 다 보내고 내달리듯
피고 지고 피고 지고

차분한 마음으로 찬찬히
오래 기다리고 오래 골몰하며
피고 지고 피고 지고.

애완견

달빛 보듬어
까맣고 흰 망태 속에서 태어난
난이

하얀 손길 휘감아도
눈빛 피하는 우울쟁이

늘 엄마 꼬리 음계 달고
종종종

실줄 사랑 만들어 먹고 마셔도
늘 배고프다 보채는 심술쟁이

맛난 밥을 향기에 담아 눕히면
코끝에 먹보대장 이름표 붙인다

하늬바람 웃음으로 덮어 안아 주면
곧잘 간지러운 추억의 책장을 긁아댄다.

한나의 기도

소솔바람으로
잿빛 귓불을 잡아당겨
코끝의 연민 반쯤 흔들다가
누워 있는 미소를 일으켜 주소서

서러움에 돌돌 말려
아우성치는 속살까지
작은 생기 한 송이 속으로 들어가
파르르 녹아 흐르게 하소서

너덜너덜 찢어진
영혼의 방을 열어
가냘픈 생명의 한 잎
접붙여 자라나게 하소서.

요양병원 환자

가냘픈 노을빛 눈동자
빼꼼히 창문 열고
봄 햇살을 기다리고 있다

아프게 부어올라 바람의 허리 잡은
애끓는 기도가
하얀 손에 매달려 울컥거린다

퀴퀴한 침묵이 아우성치면
목울대 억눌린 허공의 속살까지
파르르 떨리고

등허리 풀어헤쳐 놓은
핏발 서린 하품만
꽃가슴에 쏟아져 내린다

봄의 소리

그리움의 물안개는
모락모락 속살까지 퍼 와

짭조름한 하얀 추억
구불구불 끌어당겨

들풀 향기의 길섶 위에
덕지덕지 붙여 놓고

억새풀 사잇길로
스멀스멀 걸어 나와

붉디붉은 가슴
톡톡 터뜨려 수줍게 색칠한다.

베란다

불그레 떠오른 설렘이
산들거리는 꽃잎 입술에
촉촉이 젖는다

스잔한 연민은
스멀스멀 가슴팍에 묻혀
웅크린 감성을 흔들어 깨우고 있다

따스한 눈빛 흩뿌리면
인연의 날개는
춤사위로 줄줄이 파닥이고

말라 비틀어져
난간 줄에 매달린 숨결은
영혼의 그루터기에
달빛 품은 추억을 눕힌다.

봄날의 그리움

가슴에
친친 감긴 서러움
평생을 엎드린 채로
몸통을 한 번씩 흔들어댈 때마다

여명의 빛으로
그 곱던 꽃잎 하나씩 날릴 때마다
여린 어깨에 휘장처럼 걸쳐 주었던
차디찬 외로움이 깊어가는 줄 몰랐다

그렇게 하루하루의 무게를
소리 없이 지워 내던 노을 앞에서
바람의 메아리가
붉은 심장을 흔들어대는 줄도 몰랐다

문득문득 달려드는 열꽃처럼
졸아 바튼 살빛 그 젖가슴 그리워
시큰거리는 콧날이
뜨겁게 저려 가는 줄도 몰랐다.

첫사랑

꽃망울 진통하는 이맘때면
뼛속 마디마디
저려오는 그리움

마른 살내음 콜콜 껴안고
그 고요한 그늘 속으로
침몰한다

뜨거운 전율 버무려
가슴 키우며
쓰디쓴 낭만 찬란하게 핥으며
꿈속 어디론가

허물 벗고 일어나
뭉클하게 쏟아낸다.

봄의 소리·1

강기슭 오르던 마른 바람
헛발 딛고 휘청거릴 때

저마다의 비밀 간직한
추억의 묵은 시간

발그레 달아오른
설렘의 숨구멍 열고

그 소란한 여백 위해
켜켜이 쌓인 침묵의 허물

한 겹 한 겹
벗겨 내린다.

봄의 소리 · 2

노오란 고백이
품속 파고드는
설레는 오후

안으로만 삭혀온 침묵의 나이테
그 하얀 고독이 허허로운 맥박 껴안고
가파른 숨결 퍼 올리면

이마 벗겨진 바람의 등 뒤로
가슴앓이 토해내는 싸한 쑥 내음
혀끝에 날아든다.

그 섬은 지금

동백꽃은 없고
계절의 독백만 뒹굴고 있겠지

그 아린 명치끝 뚫고
목젖 흔들어대는 외줄 바람

노을 진 남해에 귀 열고 앉아
삶의 보푸라기 하얗게 슬어놓을 때쯤

녹아내린 무채색 싣고 아슴히 멀어지는
통통배의 마른기침 소리 되어

젖가슴 몽실 웃자란 그리움
친친 동여맨 채

뜨거운 눈물 삭혀 내는 자리마다
검붉은 각혈로 항해를 서두르고 있겠지.

자목련

고요히 떠오르는 달빛 아래
눈부시게 빛나는
한 떨기 핏빛 상흔

붉다 못해
처절히 솟아오르는
한 송이 숭고한 절규

어두움 너머
고결하게 피어오르는
한 줄기 영혼의 바람.

어느 날 · 1

하루도 빠지지 않고 찾아와 노래하던 새가 가 버렸어요

영원히 빠져나올 수 없는 미로 속으로
눈빛도 미소도 다 가지고
시린 노을 끝에 달린
마지막 여운마저 데리고 가 버렸어요

봄부터 기다리던 꽃망울 옆에서
소리 죽이며 키워 오던 연민이 채 피기도 전에
엉덩이 팔랑거리며 가 버렸어요

긴긴 밤
문 앞에 쪼그려 있던 기다림도 알아보지 못하고
눈멀고 귀멀어 뒤돌아보지 않고 가 버렸어요

새벽마다 기웃대던 가슴앓이마저 내팽개치고서
가벼이 아주 가벼이
날개 펄럭이며 가 버렸어요

아침이면 달콤하게 부비던 두근거림도
촘촘하게 짜던 사랑의 향기까지 다 버리고
가느다란 인연의 줄마저 거둬 가 버렸어요.

어느 날·2

별빛 속으로 들어가고 싶어
밤마다 둔덕에 나 있는
샛길 찾아 걸어요

쫑쫑거리는 한숨이 밟힐까
가로등 불빛 아래 흩뿌리면서
불쑥불쑥 튀어나오는 서글픔 데리고
함께 걸어요

다시는 돌아가지 않겠다고
입술 꾹 포개면서
전설을 끌어다 스케치하고
사랑 한 줌으로 애틋하게 색칠하며
걸어요

꽃들이 가슴으로 스며들어와
눈앞에서 흐드러져 흘러내려도
작은 길 따라 걸어요

하루 되돌이표의 두께가 뒤꿈치에 밟혀도
허리 곧추세우며
걸어요.

어느 날·3

깊은 밤
별빛도 잠겨든 강가에서
꽁지에 꽃불 달고 걷는다

기어다니는 계절의 울음을
주워 담으며

인디언무늬의
휘파람을 불며

속없는 낭만을
팔로 감싸 주며

여름이 지나야 만날 수 있는
인연을 볼에 부비며

거친 호흡의 표피에
찰싹 달라붙은 전율로
레일 이탈한
기차 속 운명처럼

다 내려놓고 보내는
편지 속 이별처럼.

어느 날·4

호숫가 검은 거위가 들려주는 얘기랑
잘디잔 들꽃들의 노래랑 손잡고
함께 걷고 싶어요

난데없이 나타난 불꽃 타닥타닥 불티로 잠재울 때까지
고은 단풍 바람으로 감싸 안아 주며

아무도 모르는 가슴앓이 크게 팔 벌려 받아들이며
밤새 향기 품은 낭만 기울여 다독이며.

어느 날·5

흩어져 날아갔다 돌아온 소리
둥글게 모아 붙여 놓는다

오려낸 꼬리마다 별빛 발라 늘어뜨리고
창틀마다 장식한다

납작 엎드려 있던 바람이
금빛 가면을 쓰고 나타나 스텝을 밟는다

치맛자락이 바닥을 스쳐갈 때마다
뿌려 놓았던 흔적들이 찰랑거린다

가슴이 찰찰거리며
슬슬 풀어진다

검은 새가 오색 북을 두드리는 밤
문밖에서는 첫눈이 소복이 흩날리고 있다.

짝사랑

그리도 매섭게 나무라시길래
놀란 가슴이 마냥 서운하기도 하였지만

날이 가도 차가운 눈길 거두지 않으시길래
가만히 원망도 하였지만

이제는 영영 잊은 것처럼 무심하시길래
앙상하게 떨며 비틀거리기도 하였지만

시린 날이면 내리던 눈이
지쳐 녹아든 후에야 마디마디 서러워
연초록 가득 껴안고 한없이 울었지요.

편지

밤새워 꿈물결로 일렁이던
순백의 우아함이
톡톡 대문 앞에 기척하면

벗은 발에 열렬한 입맞춤
그날이 그립습니다

누가 먼저인가
핑계가 서성이고
그리던 밤은 생쥐처럼 바쁘기만 합니다

느닷없는 세월이
낯선 일골로 시두르고
똑똑하고 폼나는 문패로 이름을 바꿀지라도

살뜰히 화답하는
들풀의 손짓 따라
영혼 가득 첫사랑으로 찾아갈게요.

거울

소리 없는 추억 엮어
입혀준 향기로
나만 바라본다는 말
잊지 말아요

벗고 입는 상흔까지 보듬어 주며
사계 따라 흔들리는
내 속까지 안다는 표정
숨기지 말아요

그윽이 퍼내고 퍼내도 닳지 않는
눈에 고인 묵은 그리움 그대로
내 곁에 있겠단 말
떨치지 말아요.

만남

순수로 피어나게 하는
나만 아는 그 비밀로
쉴 새 없이 깨우고 녹여
꿈속까지 젖어들게 하네

먼 길 돌아 겹겹 보탠 사연처럼
뚝뚝 떨어지는 숨소리마다
일기장에 빼곡히 적어
오래오래 귀 기울이게 하네.

그리움

아롱이 다롱이
아웅다웅 삼십 년

반짝이는 설레임으로 껴안고 다독여
하늘 닿게 물들이고 달래어

열정의 눈물이 텅 비어 싱거울지라도
잃은 게 없어 깃들일 수 없을지라도

비운 그릇에 낭만 담고
부끄러운 비밀은 가만히 달님에게 속삭이며

모퉁이 돌아서 오는 정겨운 바람에게
상냥한 미소 전하며

주름진 사이사이
부드러운 향기로 흐르고 흐르며.

시월의 오후

애달픈 마음
가을향에 취해
더욱 깊어간다
상념의 불티들이 흩날리는
메마른 심장은
잊혀진 것들 들추어내어
지우려 헛된 맹세 거듭하지만

침묵 속 그리움은
시린 가슴 토해내고
휘감는 노을은 뉘엿뉘엿
아직도 그 안에 맴돌아

공허한 마음 달랠 길 없고
꽉 막혀 버린 답답함에
자꾸만 목이 잠겨 버린다

무거운 발걸음마저
미열에 들떠
이리 아파 오는데.

새벽 편지

달빛 머금은 초겨울 창가에
눈시울 붉어진 혼들만 깜박거린다

가던 길 멈추니
차오르는 이별이 시려 온다

홀로 골똘히
긴 회상 늪에 빠져든다

할퀴고 가는 싸한 아픔
갈참나무 가지에 매달려 우짖다가

가슴속으로 파고들어
허허로운 기다림만 부려놓는다.

사랑인가 봐

그리움은 온몸을 맴돌고
달콤함이 쏟아져 나오고 있다
이 가슴에 먹구름 덮인다 해도
한순간도 지우고 싶지 않다

수시로 꺼내어 다시 들춰도
아름다움은 그대로인데

가슴이 자꾸만 뜨거워져
마음 안에 채우고 싶다

홀로 견딤의 시간
언제나 같은 자리

눈빛만 보아도 알 수 있는
깊어갈수록 안타까움만 더하는
우리 사이

오늘 왠지
그대를 놓고 싶지 않다.

아직도

가까이 다가설 수 없어
방황하는
가시 돋친 꽃길이어라

한 올 눈빛조차
만져 볼 수 없는
그리움이어라

안을 수 없어
그저 바라만 봐야 하는
아린 향기이어라

이렇게 기약 없이
흩날려야만 하는
한 줄기 바람꽃이어라.

산행길

한낮 허허로운 바람
눈빛으로 끌어당겨

갈피나무 잎 사이로
내보낸다

풀리지 않는 뒤틀림
심연에 피어오르면

신음 쏟아내며
상념 속에 잠긴다

찌들어 지친 몸 떨어내고
산모롱이 돌아갈 때

짜박짜박 애틋한 맘
무너져 내려

불타는 열정 앞에
보이지 않는 것들이 벌떡 일어나
발목을 잡아땡긴다.

널 사랑할거야

아무리 바쁘고 바빠
숨 돌릴 수 없어도
시간을 쪼개고 쪼개어
널 아름답게 사랑할거야

아무리 바쁘고 바빠
숨 돌릴 수 없어도
어디나 스며 있는 네 향기 맡으며
널 무진장 사랑할거야

아무리 바쁘고 바빠
숨 돌릴 수 없어도
가슴에 네 모습 자리잡고 있어
널 아끼며 사랑할거야

아무리 바쁘고 바빠
숨 돌릴 수 없어도
숨길 수 없는 진실이기에
널 죽도록 사랑할거야.

내 사랑

황홀하게 온몸 적시며
야릇한 전율 스며드는
설레고 두근거리는 파도

입술이 귀여워 질근 깨물면
뜨거움이 찢겨 치솟아 나오는 듯
가냘프게 소리 높이는 노래

마음에 진동을 일으키다
머리끝에서 풍기는 향기처럼
사무치도록 애틋한 영혼에 내리는 단비.

사랑의 향기

이 가을에 짙어져 붉게 물들어
은은히 가슴으로 느끼는

떨리는 숨소리 타고 밀려와
사색 속에 깊이 자리잡은

방긋 웃는 입술에 조용히 다가가
부드러운 그 맛에 몽롱해진

숙성시킨 시간을 지나
아름답게 꽃피워 그리움으로 남은.

당신처럼

슬픔이
우르르 쏴아 밀려오지만

하루하루
먹구름 폭풍 일 듯하지만

때로는
눈보라가 엄습하지만

순수한 사랑만은
아롱다롱.

잠재울 수 없어

날카로운 가시로도
가슴으로 스며드는 목마른 울음소리
잠재울 수 없어

찌르는 아픔으로도
핏방울로 폐부 찢는 통곡 소리
잠재울 수 없어

옆구리 찌르는 창끝으로도
빛으로 감싸는 거룩한 영혼 소리
잠재울 수 없어.

봄비

나뭇잎은
반짝반짝

연둣빛 미소는
흠뻑흠뻑

꽃마음은
활짝활짝

발걸음은
움찔움찔

속삭임은
데구르릉.

안개

아장아장 쫓아가는
희뿌연 추억의 자리

파리하게 지쳐 있는
허위의 그림자 드리워

철썩거린 가슴으로
너털웃음 부둥켜안는다.

가을 끝자락

저만치서
가던 길 우뚝 서며
뒤돌아본다
눈 한 번 쌩긋
코끝은 씰룩

쌓인 은행잎 밟지 않으려
이리저리 옮기며
눈 한 번 쌩긋
코끝은 씰룩

손 슬쩍 내밀어
바람 쓸어 모으며
눈 한 번 쌩긋

코끝은 씰룩

수두룩
짓눌리고 찌들리어
눈 한 번 쌩긋
코끝은 씰룩.

이별

거리 거리
헛디딘 구역질

겹겹이
흐르는 아우성

하늘가에
피맺힌 가락

휘날리는
통곡의 얼룩.

어머니

치맛자락 당기는
부끄러움으로
긴 한숨 소리 삼키고

울렁이는 기다림
잠재우곤 하던
당신

불쏘시개로 눈물 태운들
가슴 응얼자국
지울 길 없어

애간장
부지깽이로만
뒤죽뒤죽.

헌책방으로 가는 길

유난히 더디게 찾아온 봄이기에
괜스레 마음 달뜨고 몸이
봄 마중 나선다

파르르 떨리는 첫 입맞춤이
풋풋한 서정의 순백처럼
지순한 설레임으로
스쳐간 벗들의 체온과 자취가
밑줄 그어진 정겨운 냄새가 그리워진다

생각 속에 꼬깃꼬깃 쟁여 둔
부실한 논리들이
쥐락펴락 하면서 너덜너덜해진
상처가 침윤되어 있는
일상을 수술 여행 떠난다

상식의 관절이 닳아 버린
얇아진 고백을
수첩에서 꺼내어
헐렁한 가슴으로 스며드는
상흔을 지워 버리면서

노란 민들레처럼 낮게 엎드려
묵은 시간들을 모아
소박한 책꽂 밥상으로
묵직한 질량을
되새김질하는 하루가 황홀하다.

헌책

돌담 밑바닥에서
그리움 내밀어
바라봅니다

겹겹이
사무친
세월

그 구석진 낮은 자리에
쪼그리고 앉아
졸고 있습니다

시꽃들이 흐드러지게
안부 묻기에 슬며시
외출 준비를 합니다

얇은 가슴이지만
푹 곰삭은 맨살 홀딱 다
보여 주고 싶습니다

겉장
뒷장
다 떨어져도

그저 그렇게 값에 얽매이지 않고
거저 주는 비매품으로나
살아가겠습니다.

나는 詩詩한 시인이다

사색의 커튼 사이로 기웃거려
움켜쥐면 바삭하고
울음 터뜨릴 것 같아
텅 빈 종이 바라보며
책상에 엎드려 허접한 일상을 털어낸다

책꽂이에서 낡은 시간을 꺼내
이리저리 뒤적이다
오감 적시는 건들바람에

시의 멱살 휘어잡아
황홀한 유혹의 손길에
시무룩한 무릎을 꿇어 본다

집배원에게 시 배달을 주문하는 동안
동냥을 해서 이리 쓰고 저리 지우고
저리 쓰고 이리 지우며
발버둥을 쳐 본다

눈으로 더듬던 감춰진 시어들이
만질 수 있도록 생생해지다가
홀연히 출장을 가버린다

어느덧
알몸에 꼬깃꼬깃 쟁여둔
잊어버린 시간의 흔적들이
수줍게 젖어 들어온다

바람난 시인의 가을 시집 문패를 보고 찾아온
어린 가을 소식에 천만 번도 더 입맞춤하며
가슴에 품고 긴 수면으로 다독거린다

새벽에 눈 뜨면
곰삭았던 속살이 쥐락펴락 하면서
가슴앓이 하는 헌책에 알알이 박힌
외로움이 환하게 시꽃으로 피어 있다.

시 중독자의 고백

고즈넉한 오후
저 밑바닥에 가슴속 젖어 있는
쓸쓸한 상처가 저려옵니다

괜스레 마음 잡아둘 수 없어
소슬한 막새바람으로
시앓이 하룻밤 지새웁니다

올곧음과 부드러움 아우르면서
흠집 많은 영혼이 보타집니다

어디에 있어도
당신 향한 그리움이 그윽해지며
진절머리 나는 사무침으로
일떠서는 적이 한두 번이 아니랍니다

외로움은 지그시 다독거리면서 가던 길
멈추고 우두커니 서 있기도 합니다

시심이 흘러가다 막히면
가슴으로 애달파하는 시인의 가을은
조용히 흐르는 눈물꽃으로 무르익어 갑니다

시 오르가슴 느끼는
황홀한 눈물의 흔적을 만져
마음살 앓아 가는 헌책의 반란입니다.

나도 애인이 있으면 좋겠다

텅 빈 도시섬에 쓸쓸함이 서성거립니다
너나들이 하며 잔잔한 얘기 나누면서
그저 무딘 가슴을 방망이질 해줄 수 있다면 좋겠습니다

나이를 다림질하면서 나를 허물어
싱그러운 추억의 서랍 속에 두고
자꾸만 꺼내 보고 싶습니다

서로 고개를 끄덕이는 민낯으로
뼛속 깊은 외로움이 몸부림칠 때

허름한 포장마차에 앉아
홀로 된 그리움으로
한올지게 감정을 쏟아 놓았으면 합니다

나라는 빗장을 열고
살갑게 다가가는 부드런 바람이 되어
부서진 가슴을 갈피갈피 더듬어 주었으면 좋겠습니다

날이 저무는 울적한 시간에는
눈물꽃으로 헌책에 밑줄을 그어 주는
연필이면 좋겠습니다

마음의 색깔이 녹슬어 지워지는
흔적 읽어 시심을 수선해 주는 사람이면 좋겠습니다

이제 욕망의 질펀한 늪 속에서
외로워서 하는 사랑은 사랑이 아님을
다시는 사랑 갖고 장난치지 말기를 약속하면서

가슴이 젖어
사랑의 집을 찬찬히 짓다가
두근두근거리는 마음이 들키는 날
사랑하다 죽어 버리겠습니다.

박덕은 (예명; 박한실. 닉네임; 헤르소)

전남 화순 출생

前 전남대학교 인문과학대학 교수인 朴德垠씨는 [중앙일보] 신춘문예 문학평론 당선, [전남일보](現 광주일보) 신춘문예 동화 당선, [창조문학신문] 신춘문예 시 당선을 비롯하여 전 장르(시, 소설, 동화, 동시, 시조, 수필, 희곡, 문학평론, 아동문학평론, 단편소설, 장편소설, 소년소설)에 걸쳐 등단과 수상을 기록한 문학박사이다.

해학, 위트, 유머, 재치가 넘치는 그의 삶은 열정과 신념으로 가다듬은 118권의 저서에서 다채로운 향기를 풍기고 있다. 그리고 그 향기에 취한 '시를 사랑하는 사람들'과 함께 늘 시심을 가다듬기에 여념이 없다. 시를 쓰며 문학을 사랑하며 자신의 택한 길을 올곧게 달려가고 있는 그는 현재 서울을 비롯하여 광주, 나주, 순창, 담양을 시향의 고을로 만들기 위해 오늘도 정성과 최선을 다하고 있다.

<박덕은 시집 발간 현황>

제1시집 <바람은 시간을 털어낸다>

제2시집 <거시기>

제3시집 <무지개 학교>

제4시집 <케노시스>

제5시집 <길트기>

제6시집 <갇힘의 비밀>

제7시집 <소낙비 오는 정오에>

제8시집 <자유人.사랑人>

제9시집 <나찾기>

제10시집 <지푸라기>

제11시집 <동심이 흐르는 강>

제12시집 <자그만 숲의 사랑 이야기>

제13시집 <사랑한다는 것은>

제14시집 <느낌표가 머무는 공간>

제15시집 <그대에게 소중한 사랑이 되어.1>

제16시집 <그대에게 소중한 사랑이 되어.2>

제17시집 <둥지 높은 그리움>

제18시집 <곶감 말리기>

제19시집 <사랑의 블랙홀>

제20시집 <나는 그대에게 늘 설레임이고 싶다>

제21시집 <내 가슴이 사고 쳤나 봐>

제22시집 <당신>

<박덕은 소설집 발간 현황>

제1소설집 <죽음의 키스>

제2소설집 <양귀비의 고백>(풍류여인열전.1)

제3소설집 <황진이의 고독>(풍류여인열전.2)

제4소설집 <일타홍의 계절>(풍류여인열전.3)

제5소설집 <이매창의 사랑일기>(풍류여인열전.4)

제6소설집 <서울아라비아나이트>

제7소설집 <금지된 선택>

<박덕은 번역서 발간 현황>

제1번역서 <소설의 이론>

제2번역서 <철학의 향기>

제3번역서 <사랑하는 사람 가슴에 싶어주고픈 말>

제4번역서 <철학자의 터진 옷소매>

제5번역서 <세계 반란사>

제6번역서 <한국 반란사>

<박덕은 아동문학서 발간 현황>

제1아동문학서 <살아있는 그림>

제2아동문학서 <3001년>

제3아동문학서 <무지개학교>

제4아동문학서 <동심이 흐르는 강>

제5아동문학서 <곶감 말리기>

제6아동문학서 <서울 걸리버 여행기> 261

제7아동문학서 <돼지의 일기>

제8아동문학서 <해외 신화>

제9아동문학서 <마녀 헤르소의 모험>(1권)

제10아동문학서 <마녀 헤르소의 모험>(2권)

<박덕은 교양서 발간 현황>

제1교양서 <해학의 강>

제2교양서 <바보 성자>

제3교양서 <미네르바의 부엉이는 황혼녘에 날은다>

제4교양서 <멋진 여자, 멋진 남자>

제5교양서 <우화 천국>

제6교양서 <나만 불행한 게 아니로군요>

제7교양서 <나만 행복한 게 아니로군요>

제8교양서 <나만 어리석은 게 아니로군요>

제9교양서 <행복한 바보 성자>

제10교양서 <느낌이 있는 꽃>

제11교양서 <흔들림이 있는 나무>

이상 총 저서 118권 발간